译文纪实

無縁社会

NHK スペシャル取材班

［日］NHK 特别节目录制组　合著　　高培明　译

无缘社会

上海译文出版社

目 录

序　言

酷暑连连的2010年盛夏的一个星期天,我离开东京涩谷的NHK电视台放映中心,来到轨交车站前自由穿行十字路口①旁的咖啡馆,从二楼独自眺望着过往行人。身着花哨衬衫的年轻情侣正边走边笑地谈论着什么,一位母亲紧紧抓着孩子的手过马路……

"人,都是与别人有关联的……"我触景生情,不由地回想起了这一年半以来的采访活动。

《无缘社会》录制组的成立,缘起于2009年1月在涩谷一家小酒馆里的聚餐。我们这些记者和节目主持人曾一起做过《穷忙族》的特别节目,这次难得又聚在一起,就边喝边聊起了近来的话题。

当时,是女节目主持人挑起的话头:

"我跟拍《穷忙族》节目时采访过的一个男子失去了联系。这个人无依无靠,说不定已经在什么地方孤零零地死了。"

"穷忙族"问题本已突显出了辛劳而无回报的社会现实,而她这一语又让我们大家强烈感到,这种现象已经发展成了与人的性命息息相关的问题。

又喝了一会儿，总导演喃喃自语道：

"没有关联的社会，各不相干的社会，这不就是无缘社会吗……"

"无缘社会"这个词汇，就是从那次的聊天中聊出来的。

《无缘社会》录制组一开始由七名记者、一名节目主持人、两名摄像师组成。我们把尸体无人认领的孤独终老称为"无缘死"，在调查全国市镇村公费火葬和埋葬的尸体总数的同时，就"无缘死"发生了多少起、为什么会发生，进行了全面的现场采访。录制组根据死亡现场遗留的极为细微的线索来探寻一个个死者的人生轨迹，简直就像刑警在追查案件。

我清楚地记得采访组的记者这样说过：

"采访的困难程度前所未有，因为这些案件是连警察都中途放弃确认死者身份的悬案。可是当采访到后来死者身份渐渐明朗时，我们才发现，他们几乎都是和我们一样的人。"

对全国市镇村的调查结果表明，"身份不明的自杀者"、"路毙"、"饿死"、"冻死"之类的"无缘死"，一年高达三万二千例之多。这些人原本过着极为寻常的生活，却一点一点地与社会失去关联，开始独自生活，最终孤独地逝去。

我也还记得一个记者这样说过：

"现在，我是怀着吊唁这些死者的心情在进行采访的。"

作为记者，在报道现场进行犯罪案件、意外事故、自然灾害采访时，经常得直面与生死相关的问题，然而之前我从未听哪个记者说过自己是在"怀着吊唁的心情采访"。

---

① 自由穿行十字路口：可暂时停止各方向车辆行进，让步行者朝任何方向自由穿行的十字路口。——译者

"为什么他们非得这样死？"我感觉得到录制组里有一种近乎悲愤的情绪在高涨。

查了一下词典里"无缘"这个词条，那上头写着它是"没有亲人"、"没有关联"的意思。而录制组在对独自生活的人进行调查时发现，那些自认"没有亲人"、"与人没有关联"的无依无靠者多得令人吃惊。有些专门代替家人为死者料理后事的非营利组织称，在上门造访他们的人中，不仅有老年人，竟然还有许多尚处壮年的五十多岁的人。他们当中有从大企业退休的男子，也有独身女性。由此可见，一种即将单独迎来自己人生终点的惶恐正在超乎想象地蔓延。

采访材料于2010年1月31日在NHK特别节目播出了，题目为《无缘社会——三万二千人"无缘死"的震撼》。接着，我们又采纳了全国NHK记者和节目主持人的建议，在NHK新闻节目、《9点看新闻》、《早安！日本》的系列中，专题播放了《年富力强的"家里蹲"》、《放养儿童》、《靠儿老人》等节目，反映了由于血缘、地缘、职场缘日趋弱化所导致的问题。观众的反应自不待言，在因特网上还出现了许多"我说不定也会无缘死"的帖子，令人意外的是，这些帖子竟然来自三四十岁的比较年轻的群体。

在上述一系列报道播完之后，录制组的成员又回到了各自的部门。

2010年7月下旬，位于NHK广播中心二楼的报道局突然收到一条消息：

"东京足立区发现了一具东京都最高龄（一百一十一岁）的男性干尸。"

这是蹲点警视厅的记者发来的关于"消失的高龄者"的一则报道。

以这个事件为契机，全国陆续发现多达三百五十名老人下落不明。老人死后儿女依旧非法领取养老金的情况也屡见不鲜。于是，蹲点警视厅的记者、社会部记者、首都圈记者以及节目主持人等再次组成录制团队，又开始全体出动进行采访。

"这个老人的亲属明明还住在那里，但他本人却下落不明了。"

"需要看护的老人加上个没有工作的儿子，这父子俩就完全孤立在社会之外了。"

更为严重的现实浮出了水面。

"无缘社会"——这确确实实是发生在今天的日本的事实，尽管二战已经结束六十五年，尽管经过经济的高度增长和泡沫时代，日本已经进入了成熟社会。有消息称，再过二十年，日本社会中独自生活的"单身家庭"将高达近四成。

应对"无缘社会"并非易事，它与许多问题复杂地纠结在一起。是否该回到具有牢固的地缘、血缘、职场缘的社会？是否有构筑新型关联的方法？现在，我们仍然在就这些问题深入挖掘。

本书是根据记者、节目主持人与摄像师等人采访"无缘死"和独身生活者的人生轨迹时留下的笔录写成的，其中有不少是在节目与新闻中未能播放的部分。

时逢此次出版社将其制成文库本①，我们在书中补充了第

---

① 文库本：日本出版界通行的一种小开本平装书，一般销量较好的书才会被制成文库本。——译者

八章与第九章。它们是将NHK特别节目《消失的高龄者：“无缘社会”的黑暗》（2010年9月播放）和NHK特别节目《无缘社会：探求新的“关联”》（2011年2月播放）的内容分别重新编辑而成的。

殷切希望更多的人来阅读这本书，因为我觉得，关于“无缘社会”的思考，关系到如何改变今天的日本，进而改变明天的日本。

中嶋太一（NHK报道局《明天的日本》报道项目采编主任）

引子 "无依无靠者"与日俱增的日本

无缘社会,日本。

这次采访的启动,源于与一个"无依无靠"男子的邂逅。这个男子五十岁时失去了劳务派遣的工作,从派遣公司用作宿舍的公寓里被赶了出来。他辗转找了半个多月工作,晚上就投宿在桑拿浴室或胶囊旅馆里,最终工作没有找到,只能沦落街头。那时雷曼冲击①刚过去三个月,正是2008年12月的隆冬时分,这男子晚上就睡在位于东京正中央的新宿的一个公园长凳上。

新年②过后,1月的一天晚上,我们去走访公园里他每晚必在的那张长凳时,他正两手撑着塑料雨伞在簌簌发抖。冷啊!那真是一个寒冷的夜晚。

"我想听听人声,管它是哪个歌手的声音。"

男子嘟哝着从双肩包里取出收音机。

"我的朋友,只有这台收音机。"

为什么这个男子刚失去工作,就一下子沦落到了无家可归的境地呢?

1

家人、朋友这些"人缘"没能帮助他吗？老家没有他的容身之地吗？没有人对他施以援手吗？

如今，"穷忙族"可谓满街都是。这些人稍有差池，便会一落千丈，沦落到无家可归的地步。听着他们的倾诉，我们不禁开始思考起"关联"的问题来了。

那男子但凡遇到有人去采访，便会说出同样的话来：

"我不想为了自己的事再给别人添更多的麻烦。"

男子虽然无家可归，但没有领生活救济，依然一直在寻找工作。他对自己的生活毫不气馁，不愿依靠任何人。

这么说来，所谓"关联"或是"缘"，难道不就意味着互相添麻烦，并允许互相添麻烦吗？采访组成员们心中深深怀着的这个疑问，久久无法打消。

"不想给别人添麻烦"象征着"关联"是何等脆弱。

于是，日本社会中的"无依无靠者"便与日俱增起来了。

我们希望日本是个"自己一个人也能安心生活的社会，自己一个人也能安然迎接死亡的社会"。要实现这一目标，需要做什么呢？我们的采访正是为了寻找这个答案。

邂逅失去"关联"的人们

发生雷曼冲击的2008年年底，"劳务派遣告终"这句话在各

---

① 雷曼冲击：指美国第四大投资银行，雷曼兄弟公司在世界次贷危机加剧的形势下于2008年9月15日宣布申请破产保护事件对世界经济与金融市场造成的冲击。——译者

② 日本没有农历春节的习俗，日本的新年，即公历的元旦，后文的"大年三十"、"除夕"，都指的是元旦的前夜。——译者

种媒体上蹿红,好不热闹。

东京都中心的日比谷公园笼罩在一种异样的热闹气氛中,那是非营利组织和工会为无房可住的失业者发起的"劳务派遣员工辞旧迎新部落"的活动。硕大的锅中煮着阳春面①,等在锅前的队列浩浩荡荡,有近五百人。

那个说"我的朋友只有这台收音机"的男子,就是在这个公园里跟我们邂逅的。大年三十,这位石田君(化名)步行来到了这个劳务派遣员工部落。他说在来这里接受救助的三个星期前,劳务派遣公司单方面中止了与他签的劳务派遣合同。

石田君眯着眼睛,高兴地吸吮着味噌汤,脸都被热气蒸得湿漉漉的。我们跟他约好了采访时间,想听他仔细谈谈为什么不向任何人求助,怎么会一下子沦落到无家可归的境地的。

然而在约定的2009年1月3日,石田君从劳务派遣员工部落消失了。我们花了一天时间在公园里四处寻找,结果还是没有找到他。

谁知两天之后,石田君自己打电话来了,因为第一次见面时我们给过他名片。令人吃惊的是,石田君又过起了风餐露宿的日子。

"咱们再约一个见面的时间好吗?"我们问他。

当石田君出现在高田马场轨交车站后面的见面地点时,除了头发稍微长了一点之外,身上倒收拾得挺干净,看不出是个无家可归的流浪汉。

---

① 按日本习俗,元旦前夜必吃的一种荞麦面条,有多种辅料添加,又可译作"过年荞麦面"。——译者

"我在劳务派遣部落领了衣服，所以行李也多了，成了现在这副样子。"

他背着双肩包，两只手还抱着两个旅行袋。我们朝着没人的公园走去。

"你怎么离开劳务派遣部落了？"

听了我们的询问，石田君多少有些语带愠怒地说了起来：

"因为他们让我们都去申请生活救济啊，而我是不想接受救济的嘛。你瞧，我才五十一岁呀，还完全干得动呢。干活养活自己不是天经地义的吗？当然啦，能给我钱的话当然想要，可我又觉得要是拿了一回钱，说不定就再也离不开生活救济了。"

我们虽然理解他的这种心情，但还是反复追问他不申请救济的原因。因为得到生活救济就能确保有公寓住，那时候不是也可以再去找工作吗？

"这么冷的天，在街上流浪也找不着工作的吧？"

说着说着，石田君谈起了自己的过去。漫长回忆的讲述中，他的语调充满了留恋，间或夹杂着些许怨恨。

"从东京一所私立大学毕业以后，我在一家食品公司工作了近二十年。泡沫经济那阵子，公司的效益扶摇直上，工作真的是很开心的。可是后来公司业绩衰退了，我不得不接受买断条件而退职。退职的时候，我以为下一个工作总会有办法的。但那是大错特错了。正式雇佣的工作根本找不着，但我好歹还是在劳务派遣公司注册干了下来。现在也是啊，虽然这阵子没有工作，但我觉得如果去找的话，应该还是会有的。"

"你最后一次工作是在什么时候？"

"是去年12月中旬，在钢铁联合企业的工厂里打扫铁做的储槽。我不死心啊，今天早晨还捡了张体育报，按着上边招聘栏里登的号码打了电话。可我一说自己五十岁，对方连面试都没让我去……可我还是不死心啊。"

说到这里，石田君从旅行袋中取出了鱼粉拌紫菜。

"这是在劳务派遣部落领的鱼粉拌紫菜，就剩这点儿了。我现在是靠喝公园里的水熬日子呢。"

之后，石田君的口吻中又充满了决心，斩钉截铁般地对我们说道：

"我已经没有钱和时间了，流浪在外，体力也会衰退。明天又得开始找工作啦。不管什么地方，只要有工作，我都会二话不说立刻去干的。就这么定了。"

石田君告诉我们，为了御寒，自己每天夜晚都得不停地行走。他的鞋尖已经破了，看得到变黑了的脚趾甲露在外头。

我们为了感谢他接受采访，提出请他到一家专卖套餐的小饭店就餐。他被我们好歹硬拉进去，吃完以后就告辞了。当时石田君一再郑重其事地点头致谢说："吃了这顿饭又有精神了，明天一定能找得到工作。请你们等我的消息吧！"说完就朝他一直待着的那个公园走去。这一天，是我们最后一次看到石田君。

那个公园我们后来去了好几次，又去找过以前下雨时石田君一直躲在里头的图书馆，还分头到附近别的公园搜索了很久，可惜都没有找到石田君。

所有可能找得到他的地方都已经找遍了。

去向不明。他是活着，还是死了？我们不知道石田君的下落，一筹莫展。

专门救助无家可归流浪者的非营利组织那里我们也去求助过。

"你们为他担忧的心情我能理解,可就算去找,也是找不着的呀。"

回答我们的,是非营利组织中负责在公园里做饭的志愿者,他淡淡地说道,

"要是已经死了的话,那就没法找啦。"

"哦?怎么没法找?不是知道他的名字吗?"

"他不是无亲无友吗?如果又是死在路上的话,那就成在途死亡者①了。"

"在途……死亡者?"

在国家发行的政府公告上,每天都登载着无依无靠的身份不明者死亡的消息。这种政府公告在因特网上也能找到。从此,在网上浏览"在途死亡者"的信息成了我们每天的必修课。然而,连续看了几天这种信息之后,我们才开始明白了"没法找"这句话的真正含意。因为报道中并没有可作为线索来确定死者身份的详细描述,短短几行字只记载了死者的性别、服装与死亡原因。

找不到石田君的线索,促使我们开始重新思考"谁都认识几个下落不明、生死未卜的人"这句俗话的含意。

新的死法——"无缘死"

浏览了几个月有关在途死亡者的信息后,我们想到对在途

---

① 在途死亡者:法律用语,指身份不明的路毙者。——译者

死亡者的殡葬情况进行调查。他们多数是由死亡地的行政部门予以火葬，骨灰保存五年之后，再合葬于无人认领的死者的墓地。

据受行政部门委托火葬的殡葬公司说，这十年来他们受托火葬的数量增加了近一倍。我们直接到东京都内二十三个区去采访，各区行政部门负责人都说，这种"无人认领的尸体"数量剧增，让他们近乎疲于奔命。行政部门的办事员一脸困惑地告诉我们，尽管也有些死者在外地有家人，但他们却推托说长年不相往来，因而不肯来认领遗体。

这种"谁都不来认领的遗体"在全国有多少？查了以后才知道，根本就没有这个数据。那些负责人虽然异口同声说这种遗体"在增加"，然而我们没有各地累加起来的数字。有鉴于此，我们决定在全国进行数据统计。可是刚开始对全国所有一千七百多个市镇村进行电话调查，立刻就碰了钉子。

"我们没有采集数据。"

"这种数字我们不清楚。"

调查极为困难，但我们坚持用电话仔细地说明情况，以求得到他们的回答。这些人都是动用税金进行火葬和埋葬的，我们至少要知道人数。耗时两个半月多，调查结果出来了，累计的数字为一年三万二千人。

这个惊人的数字堪与一年的自杀者数相匹敌，我们把这种新的死法称为"无缘死"，决定进一步进行追踪。

板垣淑子（NHK报道局社会部节目主持人）

第一章 追踪"在途死亡者"

——归纳在仅仅几行字里的人生轨迹

板仓弘政

（NHK《明天的日本》报道项目记者）

这里是警视厅东京湾岸警察署。

我们的采访，是从在这个警察署进行的跟踪调查开始的。将东京湾岸警察署作为采访点，是因为他们几乎每天都会发现身份不明的溺死者。

东京湾岸警察署的辖区很大，陆上横跨江东区、港区、品川区、大田区四个行政区；水上除了东京湾之外，还包括隅田川、荒川、江户川等河流。以御台场为中心的东京湾地区发展迅速，相继建起了摩天大楼与各种商业设施。而东京湾岸警察署就是为了适应这种发展，在2008年3月取代其前身——东京水上警察署而重新设置的。由于当时并入了周边警察署管辖的部分区域，所以现在的辖区比其前身还要大。

东京湾岸警察署更具有别的警察署所没有的特点，那就是它的编制中有管辖水面的水上安全科，还配备了二十几艘警备艇。这是因为它要监管东京湾和其他河流，而巡逻活动是不能缺少警备艇的。同时，这些警备艇还被频繁地用于寻找与打捞身份不明的溺死者尸体。

彩虹大桥下的溺死者尸体

我们的采访从太阳尚未升起的凌晨四点就开始了，当时我们正在东京湾岸警察署背后的栈桥上待机。这里是警视厅的警备艇专用栈桥，常时停靠着四五艘警备艇。其中一艘"天鹅号"艇是配给我们采访用的。据说因为早晨是船只来往的高峰时段，所以浮到水面上来的尸体因撞上船体而被发现的频度较高。由于天色还很暗，在发光二极管的照射下，警察署外墙上的警视厅吉祥物"小皮泼①"图案和"Tokyo Wanan②"的文字正反射出橘黄嵌蓝色的色彩。

记者与节目主持人，加上摄像师，全都一直屏住呼吸，等着发现溺死者尸体的电话。从一大早守候待机了几个小时后，突然，记者的手机响了起来。

"彩虹大桥下发现疑似尸体的漂泊物。"

电话里的声音伴随着兴奋。这是东京湾岸警察署干部打来的联络电话。虽然他使用的是"疑似尸体的漂泊物"这种慎重的措辞，但几乎可以肯定就是溺死者尸体。我们立刻绷紧了神经。

当时的紧张感至今也忘不了。我们穿上警察事先给我们的救生衣，等着刑警们到栈桥上来。虽然没过几分钟，五名刑警就从警察署跑到栈桥上来了，但我们在栈桥上早已心急火燎，只觉

---

① 小皮泼：东京都警视厅的吉祥物。名字由英语中"民众"（people）与"警察"（police）的第一个音节合并而成，形象为配有警察武装带的黄色长耳小动物。——译者
② Tokyo Wanan："东京湾岸"的罗马字拼音。——译者

得等待的时间怎么这么长。刑警们乘上停靠在栈桥旁的警备艇"朝潮号",立刻开船出发,我们乘坐的"天鹅号"也赶紧跟了上去。由于是快速启动,船尾呈现出略微下沉,当时我正站在甲板上拍摄,差一点儿踉跄跌倒。

没过一会儿,我们两艘警备艇上开始旋转表示紧急行进的红灯,震耳欲聋的警笛声朝着四周扩散开来。由于侧风很强,水面激起了大浪,但高速前进的警备艇不顾浪高一直朝前猛冲过去。

"湾岸警察署的侦查人员已经到达附近。"

驾驶舱里的无线通话机传出听不太清的声音,他们已经到达目标水面——发现溺死者尸体的现场了。从栈桥出发到现场只花了五分钟左右。那地方在彩虹大桥的正下方,让我们感到格外惊奇的是,从下朝上看到时,彩虹大桥竟然那么巨大。

这一天发现的尸首是个看上去六十多岁的男子。他上身是件白色宽松夹克衫,下身穿着条深藏青色的裤子。身体呈头朝下俯卧状,后脑勺露出水面,在波浪中摇来摇去,水面上他那件白色宽松夹克衫海蜇似的轻轻浮动。

一名刑警从船甲板上伸出一根三米多长的长棍,开始打捞溺水者尸体。棍子头上装着个J字形的金属钩,他用金属钩钩住死者裤子上穿皮带的裤襻,将尸体朝警备艇拉过来。接下来,警备艇最后面放着的那个类似货架的部件如同吊车一般向水中降了下去,这样一来,就能够把水面上漂着的尸体原封不动地载到那"货架"上去了。与此同时,别的刑警用烧杯采集海水样本,测量水温,这是在进行现场取证,一旦这个案件具有刑事性质,即可作为物证。

彩虹大桥上，一辆辆汽车、卡车争分夺秒地疾驰而过，而桥的正下方却在进行溺死者尸体的打捞作业，日常与非日常的活动交错进行在彩虹大桥现场。然而，眼前的光景却令我们感到，对于已经死去的这个男性的存在，似乎没有任何人予以关注。

死者的搏斗姿态

男子尸体运进了东京湾岸警察署地下一楼的太平间。五名刑警把裹着鼠灰色被单的尸体横放在太平间的简易床上，然后要进行验尸，检查该尸体是否牵涉刑事案件。太平间里已经有警视厅的鉴定科验尸官等着了，他是从东京樱田门的警视厅总部赶来的。

清晰地说完一声"默哀"之后，验尸官与五名刑警双手合十，为死去的男子献上了一分钟默祷。他们双手都戴着极薄的医用橡胶手套，使得氛围与通常的默哀迥然不同。随后，验尸官平静地说了声"那就动手吧"，验尸便开始了。

那男子双臂朝前弯成钩形，姿态像是一个拳击手在进行搏斗。这种现象源于尸体肌肉发生了硬化，叫作尸僵。据说尸僵通常从死后两小时起先发生于下颌与颈部，半日左右会波及全身。然后再过三四十个小时又会开始逐渐消除，九十个小时后会完全消除。所以在进行犯罪侦查时，从死尸的僵硬程度，就可以推断出死者的死亡时间。

验尸进行的同时，别的刑警在一旁研究死者的体貌特征和他的随身物品，试图从中推测他的身份。他们给那些依山或傍海的警察署打电话,将死者与那里有人申报过的失踪者名单进行比对。他们试图找出死者的身份,然后将尸体送到他在世时的亲友那里去。刑警们不言不语,不停地埋头工作着,然而他们的愿望也往往是一厢情愿。据说,这几年来,警察查找之后依然身份不明的无名尸体数有增无减。

三万二千名"无缘死者"的去向

我们的调查,使三万二千人"无缘死"的事实浮出水面。其中,与在东京湾岸警察署采访时见到的那具男子尸体一样身份不明的无名尸体,一年高达近千具。这些尸体规定由各地行政部门火葬并埋葬,随身物品则由行政部门保管数年。

在东京足立区政府,我们访问了位于中央栋三楼的福利管理科。他们称,对于那些身份不明死亡者的随身物品,他们会保管五年。一位极为认真的戴眼镜的女职员随后把我们带到了保管处。

"这里就是。"

保管处的大门上写着"仓库0302",女职员打开门锁进到里面。跟着她朝前走,看得到昏暗的仓库中排列着八排资料柜,把屋子挤得满满的。走近跟前第二个柜子,女职员从柜子里双手抱起一个纸板箱给我们看,那上面写着"文书保管箱"的字样。

"这是今年开始保管的(遗物)箱子。警察把遗物都装在这种形状的箱子里,寄存在这儿。里面都是些钱包、手机吧。"

她从纸板箱中拿出一个个按死亡者区分的B4大小的牛皮纸信封,又从信封里拿出分别装在塑料袋中的钱包、手机之类遗物给我们看。女职员接连取出遗物的手势非常熟练,而对我们来说,正因为清楚这些东西都是死者生前使用过的,所以我们很自然地对着这些钱包、手机合起了双手。死者们的随身物品就是这样被按人分别保管,资料柜里密密麻麻排满了这种纸板箱,总共有将近二十来箱。每个箱子上都写着相同的文字。

"无缘死者" = "在途死亡者"

"在途死亡者",指的是无论警察还是行政部门都无法搞清其身份的"无缘死者"。

《在途病人及在途死亡者处置法》的第一条第二项是这样记载的:"无法获知户籍所在地、住址或姓名,且(遗体)无人认领的死者,视为在途死亡者。"在第七条、第九条里,还规定这些死者的信息由行政部门在火葬和埋葬之后用官方文件进行公告。

这里说的官方文件,就是指国家每天发行的《政府公告》,即公布法律政令和条约、登载内阁会议决定事项和破产者信息的政府公告。在它的角落里,基本上每天都会有关于"在途死亡者"的启事,这些启事是为了呼吁死者的亲属去认领遗体。

关于死亡者的信息只有几行:身高、随身物品、年龄、性别以及遗体发现地、死亡时的状况。但里面也看得到诸如"职员打扮"、"身穿西装"、"饿死"、"冻死"之类引人注目的表述。

为什么人们会渐渐失去与社会的关联而"无缘死"?他们本来与家人有"血缘",与故乡有"地缘",与公司有"职场缘",这些"缘"与"纽带"在人生中是如何失去的?通过细心追寻他们的轨迹,或许能够让我们更清晰地看到引起"无缘死"的我们这个社会吧。

归纳在仅仅几行字里的人生终点

《政府公告》几乎每天都登载关于"在途死亡者"的启事，我们决定就以此为线索来进行采访。记者和节目主持人仔细研读一天一天的《政府公告》，然后一个一个走访那上面记载的尸体发现现场。

可虽然把关于"在途死亡者"的启事作为采访线索，但启事的简短、行文的超然都不能不使人感到困惑。因为它将一个人的人生终点归纳在短短几行字里，给人一种似乎是草草了事的感觉。每天目睹如此这般的现实，久而久之，无法不让人去想：人的一生难道就该是如此草率的吗？

启事如此之短，其实是有其原因的。我们被告知说，在《政府公告》上登载启事是要花钱的，因而文字都归纳得尽量紧凑。登载"在途死亡者"的启事时，一行可以写二十二个字符，但每行须支付九百一十八日元的费用。某个行政部门的办事员曾经告诉过我们："其实我们想写得更多一点，可再想想费用，还是不得不又写得简短了。"

我们感到愤懑，感到纠结，但这反而激励我们无论如何也要通过采访来揭开"在途死亡者"的人生之谜，以此来消除那些死者的遗憾。我们觉得，这或许能算是为死者献上的小小祈福吧。去聆听已经无法说话的死者的声音——我们就是满怀着这种愿望，毅然辗转踏勘在各个死亡现场上的。

死亡现场踏勘进行了一个月的时候，一则关于"在途死亡者"的消息引起了我们的注意。因为死者虽然是在自己家里的起居室亡故的，但却无法确认他的名字，只能将他列入"姓名不详"之列。除了遗体发现场所的详细地址，该启事只是描述道：

"（死者）在客厅里盘着两腿呈向前倾倒状，已经死亡，遗体腐烂……"

他大概是坐在自家的起居室里，像平常一样在看电视什么的吧？一个极为普通的日常生活场景浮现在我们眼前。然而就在这时候，死神突然来临了。而且他已经腐烂了。这么长的时间，怎么会没有被人发现呢？

在途死亡者

籍贯·户籍·姓名不详之男性，身高162 cm左右，体格不胖不瘦，年龄约为60~80岁；随身物品：现金100 983日元、存折2本、现金卡2张、钱包2个、居民基本情况公簿卡1张、手表1个；身穿蓝色裤子。

2008年11月5日下午3时15分左右，该人被发现于东京都大田区东六乡（以下地址略）之起居室里，盘着两腿呈向前倾倒状，已经死亡，遗体腐烂。死亡时间约为2008年10月26日左右。

该人遗体已付诸火葬，骨灰由相关部门保管。

倘有人了解该人线索，敬请提供给本区。

2009年3月23日

东京都大田区区长

（转录自《政府公告》）

死亡之前的生活轨迹

我们决定去探索这个男子死亡之前的生活轨迹。

首先要去的，是"在途死亡者"启事中写着的遗体发现现场——东京都大田区东六乡。

面积六十平方公里的大田区里生活着六十九万人。在东京的二十三个区中，它与世田谷区、练马区、江户川区一样，也属于人口多的地区。大田区东六乡在该区的最南端，靠近东京都和神奈川县的分界线。那里老住宅密密麻麻，是个还保存着东京平民区风情的去处。

《政府公告》上登载的发现死者的地址，是幢独栋老平房。那是个还挂着姓名牌的普通住宅，在这样的地方怎么可能发现腐烂的尸体？我们心存疑虑，按了按房子的门铃。刚按完铃，里面就传出一声："谁呀？"紧接着一张老婆婆的脸出现在玻璃大门后面，惊诧地望着我们。

"我们是NHK的，您这里是有个人故世了吧？"听我们问完，玻璃门咯吱咯吱拉了开来，里面伸出了老婆婆的脸。

"问的是我丈夫？他死了都十年了。有什么事啊？"老婆婆的表情更讶异了。十年前？跟《政府公告》上写的内容完全不一样啊！尽管如此，我们还是干脆把具体情况对她说了。

"我们听说有人在这儿的起居室里盘腿坐着故世了，而且遗体已经腐烂。您不知道？"

"噢——，你说的是我们管理的公寓里发生的那件事啊。这种事你怎么会知道的？"

看来《政府公告》上登载的地址是弄错了，这里不是发现遗体的现场，而是房东的住处。

"当无依无靠的人亡故的时候，国家发行的政府公告上会登载有关的信息。我们就是看到启事才来的。"听我们老老实实说完，老婆婆像是理解了："哦？信息还登在那上面呀？"说着，她穿上拖鞋走了出来。

"是在那边死的。"她依旧趿拉着拖鞋，领我们朝另一个地方走去。

房龄四十年的二层公寓

发现遗体的现场离房东家有二百多米，是住宅区里的一幢公寓，那地方建满了独栋住宅。这幢二层楼的公寓面向一条宽不足两米的窄巷，红褐色的外壁分外引人注目。正面的墙上挂着块细长的木牌，上面的墨笔字已经褪色，勉强看得出写的是"喜作庄"三个字。

房东老婆婆说，这幢公寓的房龄有四十年了，死去的丈夫当年因为期盼"住在这里就能喜事盈门"，所以才给它起名叫"喜作庄"的。

"就是这儿。"进入公共大门后房东老婆婆打开了左边第一个拉门。门上写着："十七号室"。

"门一直是开着的吗？"刚问了一句，房东老婆婆就催着我们进屋："是开着的呀。又没有什么拿得走的东西。来，请吧，进去看看！"

穿过拉门，紧挨着左边的是厨房，右边放着洗衣机和冰箱，朝里是一间六张榻榻米大小的日式房间。墙壁上不少地方已经变成了褐色，让人感受得到昭和年间的质朴气息。

房东老婆婆说，那天是她到屋子里来收房租，这才发现住在这里的男子已经死了。

"当时，是不是有什么气味啊？"

我问了一句，因为我想起了《政府公告》那篇报道里栩栩如生的描述——"遗体腐烂"。

"有气味，难闻极了！他们说他死了起码有一个星期了！"

房东老婆婆回过头来答道。说话时她正在打开外廊窗户，想要给屋子换换气。

我们开始在屋子里拍摄。那个姓名不详的男子就是死在这屋子里的。

开动摄像机之前，我们在思考：这个人孤独地死去时，眼睛在看着什么？耳朵在听着什么？真想把他最后瞬间的氛围忠实地记录下来。因此，在拍摄屋子里的环境时，我们完全停止了对房东老婆婆的提问，不发出一丁点声响，让摄像在一片静寂中进行。

这段录像与通常的节目不同，没有解说员的旁白。我们决定只用解说词画面来淡淡地介绍情况。这一段的解说词画面是这样的：

"姓名不详的男子死亡，一个多星期未被发现。"

"不停播放出声音的电视机。"

"灯光一直不会熄灭的房间。"

"没人注意到他已经过世了。"

在这段录像里，从放着烧饭锅、平底锅、烧水壶的厨房，到至今还清晰地留着遗体痕迹的榻榻米；从男子临死前或许正在看的显像管电视机，到他长年使用的衣橱和已经不会再响铃的电话……摄像机要把这姓名不详男子孑然独处、悄然死去的屋子都收录进去。那古代仕女装束的日本娃娃，想必是眼睁睁地看着这男子死去的吧。还有眼前的大杯子里这把孤零零的牙刷，男子临死之前一定也能看到它的吧。

我在那屋子里仔细倾听着各种声音：风吹树叶的沙沙声，唧唧啾啾的鸟叫声，过往自行车的吱吱刹车声，送报员机动脚踏车时停时响的引擎声……这些大概是男子在那最后瞬间听到的声音吧。在节目播放时，我们也把它们忠实地播了出去。

我们虽然是采访，但到现场去时总是做好追悼死者的准备。记者包里藏着佛珠，腕上套着念珠，以便在任何时候都能双手合十进行祈祷。节目主持人和摄像师也随身带着水晶念珠，在结束录制后合掌追念死者已经成为我们的惯例。东京都大田区的这个死亡现场当然也不例外，采访结束离开屋子前，采访组全体成员双手合十，为死者进行了祈祷。

死亡现场公寓里的房客

结束屋子里的录像后，我们采访了一个这幢公寓里的房客。那具男子遗体被发现的当天，他曾经到该男子的屋子里去过。这位七十多岁的大林七郎住在二楼的十二号室，是个身材不高、态度和蔼的老大爷。他步履蹒跚地下楼来到我们所在的那间发现遗体的屋子时,穿着卡其色的夹克和一条灰裤子,头上还戴着一顶毛帽子。

"您发现他死了的时候,他是什么样子?"

"他在这边来着。这里有个被炉嘛,被炉在这儿,他是以这个姿势死在这儿的。"

老大爷在还留有明显污渍的榻榻米上盘腿坐下,又朝前弯曲身体,自己按照当时看到的遗体姿势模仿了一遍给我们看。望着他那弯曲着的苍老而瘦小的后背,我们感觉他与那个死亡男子的背影重叠在了一起,仿佛我们自己当时也在遗体发现现场似的。

"他是夜里死的,还是白天死的?没人知道他是什么时候死的。我只记得,看到他的尸体是在那天的黄昏。"

合同里写着的真名

"我仔细找了找,找着了!你们瞧!"

"找着什么啦?"

"合同啊。"

正当我们在公寓二楼采访另一个房客的时候,刚才回了趟家的房东老婆婆又来了。听到她那穿透力很强的大嗓门的招呼,我们急忙下楼赶到大门口,来到她的身边。

那是一份1991年3月31日签署的公寓租房合同,上面写着"十七号室,租赁费壹个月贰万捌仟日元"。在承租人栏里,棱角鲜明的笔触写着姓名:大森忠利。

"他是叫大森忠利吗？"

"对，是叫这个名字，他写的就是这几个字嘛。"

可为什么明明有姓名，却成了"姓名不详"呢？

我们决定去问问这幢公寓里的房客，于是再次上了二楼。只见刚才为我们介绍发现遗体情况的大林君正在跟另一个男子说话。

发现遗体的那间屋子的上面，是二楼的八号室，里面住着六十多岁的神野征二郎。这幢公寓里的房客净是外地来的单身汉，大林君是新潟县出身，神野君则说自己是秋田县来的。我们跟神野君也聊了聊。

"您常跟过世的那位大森君说话吗？"

"不，我没跟他说过几次话。到了这把年纪，就算听到了各种事情，要说也说不清楚啊。"

住在同一幢公寓里，难道就没感觉到有什么异常？

"我瞧他信箱里塞满了报纸，是觉得奇怪呀。可是听到有电视机的声音从他屋子里传出来，我一转念，咳！他好着呢。怎么想得到他会死啊？"

他承认，自己并没有为了慎重起见到大森君的屋子里去看看清楚。这些房客之间的来往看来是不多的，没有一个房客知道大森君的详细情况，既不知道他在哪里工作，也不知道他过的什么日子。

然而，就是我们自己，对于隔壁住着什么人，他们日子是怎么过的，不是也知之甚少吗？我觉得，从这种意义上来说，即使自己周围发生了同样的悲剧而我们没有觉察，也是不足为怪的。

大森君无亲无眷，孑然独居，谁也无法确定他的身份，这使他成了"姓名不详"的人。

离开这幢公寓的时候，在房子和院墙间的窄缝里，我看到一只长着黄白两种毛的小猫，尾巴的花纹跟老虎的尾巴一样。它没戴项圈，看来是只野猫。我望着它心想，这只猫说不定认识生前的大森君吧。那猫见我盯着它看，立刻把身子蜷缩到墙缝里，也朝着我瞪起眼睛来了。

担保人与钉子袋

从房客那里，没有找到有价值的信息。不过，房东老婆婆拿来的公寓租房合同上的担保人栏里，倒是有个住在东京都大田区的男子的名字。

而且，在发现遗体的屋子里，我们发现了一个建筑工人绑在腰上使用的钉子袋。钉子袋上写着神奈川县川崎市一家建筑承包公司的名字。

我们决定通过担保人与钉子袋这两条线索来寻找大森君走过的足迹。

一开始，我们去找他的担保人，住在大田区的那个男子。那男子原来住在一幢高级公寓的三楼，但我们拜访时已经人去楼空。无奈之下，我们采访了这幢高级公寓的管理员，他一脸为难的表情，冷冰冰地回答说："这位先生已经搬家，不住在这儿了。我不知道他搬去的地方，再说，牵涉私人信息的事情，我本来就不能告诉你。"

接下来,我们又去了钉子袋上写着的建筑承包公司的所在地,但那里已经建起了别的高级公寓。那是幢刚完工的新公寓,遇到的居民没人知道有那家建筑承包公司。我们又挨家挨户地去敲公寓住户的门,总算有一位老婆婆说知道那家建筑承包公司。老婆婆说,那家建筑承包公司已经关门收摊,经营公司的一对老夫妇如今住在别的地方。我们立刻向她问来地址,去见了那对老夫妇。但他们说不认识大森君,而那个钉子袋,他们说是分送给客户的。至于分送给了哪些客户,已经记不起来了。

"蹲点刑侦一科"时期的痛苦记忆

"无缘死"——孑然一身悄然死去之后无人认领遗体的死亡。

因为这些人本就是在失去了血缘、地缘、职场缘之后死亡的,所以我们从一开始就做好了采访难以取得进展的思想准备。然而虽是做好了准备,但一旦遇到挫折,也还是会灰心丧气地想:"这次又不行啊……"之所以会如此,不仅是因为在进行与大森君有关的采访中碰了钉子,更是因为几乎在所有案例的调查过程中都出现了进行不下去的情况。"这种采访没戏吧……"不知有多少次,我们差一点都要放弃了。

每当这种时候,激励我坚持下去的,是心里的一种歉疚感。在参与现在这些采访之前,我一直担任警视厅刑事部侦查第一科(刑侦一科)的专职记者。这个第一科侦查的是杀人、抢劫、拐骗之类的凶残犯罪。我的工作用媒体的话来说,叫作"一科蹲"。从某种意义上说,这个"一科蹲"也成了刑事案件记者的代名词。在干"一科蹲"的时候,东京都台东区的隅田川里发现了一具溺死的男子尸体。那男子年龄大约五六十岁，身高一米六左右。大凡负责刑事案件的记者在进行采访时，会很注重采访的案件是否为刑事案件，我当时也是如此。尸体发现后，刑侦一科科长说："这个案子说不定是刑事案，可他的身份还弄不清楚，我们得公开他的模拟人像。"因此，我们也把那张模拟人像在新闻节目中播放出去，号召观众提供信息。

可是，播放之后，刑侦一科又研判这个案件"不是刑事案"，于是取消了立案，我们媒体也随之偃旗息鼓。然而，不管案件有没有刑事特征，有人"悄然死亡"的事实却是无法改变的。遗憾的是，警察和媒体面对诸多案件时，首先都是以其是否具有刑事性质来进行划分。当时我和警察以及其他媒体也不例外，都撤离了发现那具尸体的现场。"那个男子以后会怎么样？"坐在车子里往回开时，我虽然心中也曾难以割舍，但或许是连天的忙碌化解了心中的纠结，我说服自己："还得去采访下一个刑事案件呢。"当时就这么想着撤离了现场。如今想来，那个人大概也被作为"姓名不详者"处理掉了吧。而现在我心里想的是，一定要通过这次采访洗刷那一次的愧疚。

这种决心激励我多次奔赴发现遗体的现场，因为我们只能在现场搜寻其他的线索。

我们心里很明白，这种采访跟警察的侦查活动是很相似的。发现身份不明的尸体后，警察如果判断案件或许带有刑事特征，就会不停地进行问讯调查，死者是谁？他是怎么死的？有没有亲戚朋友？就这么一直查到真相大白。

有的时候我们也会学习警察的侦查技巧。警察对于现场的踏勘是极为重视的,正所谓"现场百回不算多",说的就是该多跑现场。譬如,警察侦查嫌疑人时尽管已经到一户人家采集了目击证人的证词,但他们还会造访那户人家好几次,对同一个人进行多次询问。"既然证人已经问过一遍了,再问下去不是白费心力吗?"虽然有时也会有这种想法,但他们还是会坚持把这户人家的所有人都问遍。譬如,他们会这样考量:虽然已经问过这家的父亲了,但事实上这家的儿子说不定才是更重要的目击者呢。还有一种情况,就是之所以对同一个人多次询问,是因为随着时间的推移,他会记起更多的东西;改变询问的方式,有时也会问出新的线索。

线索出现在供餐中心

正因为如此,我们也非常重视现场调查,决定再去拜访作为第一发现者的房东老婆婆。

"什么?你们还在调查?你们是不是没事可干啦?"房东老婆婆奇怪地冲了我们一句。

然而就是这一次,她说出了一个情况,让我们叹服起"现场百回不算多"这句话来。

"上次你们回去以后我左思右想,总算记起大森君是在供餐中心工作的。你们到没多远的那家供餐中心去问问吧,没准儿他们知道点儿什么。从这儿骑自行车,十来分钟就到了。他们现在还在营业呢。"

找到了新的线索,我不禁心潮澎湃起来。想的最多的不是"上回你怎么没告诉我们呀?"而是"还好你想起来了,谢谢!"

我们劲头十足地冲出公寓,房子和院墙窄缝里一只蜷缩着身子的小猫惊得蹿到路上去了。是那只长着黄白两种毛的猫,我们第一次来造访这幢公寓的时候它就在那儿。它竖起跟虎尾一样花纹的尾巴瞪着我们,像是在问:"你们又来啦?"

我们火速去采访房东老婆婆说的那个供餐中心。它离大森君生活的这幢公寓大约一公里远,房子的外观颇煞风景,墙壁上用红漆大大地写着"供餐中心"几个字,房子前并排停着几辆运送盒饭的卡车和小面包车。我们从车旁穿过,朝着里面的入口走去。

或许因为是中午时分吧,那些看来刚干完活的人正在供餐中心办公室里休息。我们正是在这个当口来的,一打开门走进办公室,所有人的视线全都朝我们转了过来。

"对不起,我们是NHK的,想了解一下大森忠利的情况,他原来是在你们这里干活的。"

坐在最近位子上的女子听了我们的话,撂下一句"请稍等",慌慌张张地朝坐在办公室最里面的男子走去。她跟那男子低声耳语了一会儿后,男子起身走了过来。他一头白发三七分开,戴着眼镜,一脸戒备的神情。

"你们有什么事啊?"问话的这位男子是供餐中心的专务董事。我们把来采访的缘由告诉他后,他说道:"大森君原来确实是在我们这里干活的。我们也听警察说他死了。不过他在这里干活是在十几年以前了,具体情况已经记不清了,只记得煮米饭的活是他干的。"大森君确实在这里工作过,房东老婆婆的话没说错。

二十年间"不迟到"、"不缺勤"

供餐中心的专务董事把我们领到了大森君原来干活的米饭生产线。这里在卫生方面有严格的规章制度,我们得全身穿上白色工作服,戴上完全遮住头发的帽子,还要戴口罩。一根一根手指连同指甲都进行了两次消毒,这才被准许进入米饭生产线。

米饭生产线是传送带式的,基本不需要人手,唯一需要人工作业的只有一道工序,那就是把重约十公斤的铁锅一个一个放上传送带,再把大米和水按照比例放进锅里,最后盖上铁盖。现在的煮米饭工人正在那里不言不语地埋头干活。放进大米的铁锅在米饭生产线上缓慢行进二十分钟并加热蒸煮,然后再焖二十分钟。生产线不停地缓缓向下一间屋子移动,在那间屋子再有人把米饭盛进一个个饭盒里。

供餐中心上午开工很早,煮米饭的工作从凌晨四点钟就开始了,那时太阳还没有升起来。大森君在这个供餐中心作为正式职工干了二十年,一直干到退休。他们说他没有迟到过,也没有缺过勤。

我们采访了一个自称以前跟大森君一起干活的工友。

"大森君比我大几岁,我们不仅一起工作,还是时常一起去喝酒的哥们。大森君住的公寓房间我也去过。虽然我们互相之间没有深谈过什么兄弟姐妹几个人啦、结没结过婚啦之类的话题,但我记得有一次大森君透露过一句,说他没有任何亲戚。

"我们俩虽然都是外地人,但我从没见大森君露出过怀念家乡的表情。可是他的眼神挺凄凉的，没准儿心里还是想回老家去吧，因为那样总比一个人待在这里（东京）强嘛。"

据他说，虽然是一起喝酒的哥们，但自打从供餐中心退休以后，大森君跟工友的来往就少了，所以自己也不知道他后来在干什么。

"大森君从供餐中心退休以后，我们一次也没一起喝过酒，只不过在路上碰到时点头打打招呼，从来没有停下来正经说过话。因为连我也觉得，自己从这里退休后，跟供餐中心的人的交情也是不会维持下去的。虽然有点凄凉，但退了休的人也就是这么回事嘛。"

保存着的履历表

我们又回到供餐中心的办公室，专务董事从文件柜里取出一大捆纸，一张一张地翻了起来。他是在找有没有大森君进供餐中心时填写的履历表。

啪啦啪啦地翻着那捆履历表的手停了下来，专务董事指着一张履历表朝我们转过身来。

大森君亲笔填写的履历表找到了。

大森忠利享年七十三岁。

履历表上的填写日期是1975年3月1日，是大森君三十九岁时写的。从那以后二十年，大森君一直在这个供餐中心工作，直到1995年迎来六十岁的退休。

履历表的左边贴着一张彩色照片，照片上的他身着大襟的白底黑色竖条纹衬衫，衬衫外面套着件浅灰色的西装。跟一般的证件照不同,这张照片像是在哪幢房子前被抓拍的。

更不可思议的是,照片画面让人感到大森君是站在一张照片的右边,左边好像还有别人。照片的取景实在太差,他旁边的是他父亲还是他兄弟?要不就是他的太太?总之,看样子他是把跟别人一起拍的照片剪去了一半,而将另一半贴在了履历表上。在我们这些采访者眼里,这半张照片似乎象征着他的某种"关联"被切断了。

而且,履历表上还留下了新的线索。

原本连姓名也不为人知的大森忠利在履历表上亲笔写着,他是从秋田来的。

用"秋田"和"电话号码簿"检索

大森君的故乡是秋田。我们虽然马上就想要去秋田,可还是觉得应该按捺住焦急的心情,在东京尽可能准备充分之后再到秋田去。

于是,我们来到了位于东京都千代田区的国立国会图书馆。这是规定出版者有义务将所有出版物的样品都交到这里来的中央图书馆,它收集、保存着国内出版的一切出版物。藏书量超过三千五百万种。

我们来查找的,是老的秋田县电话号码簿。因为我们推测那个年代还不像现在这样对个人信息如此敏感,电话号码簿里或许还留有什么关于大森忠利的线索。通过电脑用"秋田"和"电话号码簿"这两个关键词检索了一下,找到的最古老的电话号码簿,是《秋田县(中央版)电话号码簿》(截至1967年4月1

日/东北电信局版）。我们赶紧去柜台借了出来，只见这本电话号码簿的封面已经伤痕累累，纸也褪色发黄了。我们小心地一页一页翻看，像是在摆弄易碎的玻璃工艺品。翻着翻着，一段文字在我们眼前跳了出来。

"大森忠利（门窗隔扇）01882—※—※※※※　秋田市（下略）"

跟大森君同名同姓，而且与我们手里的他的履历表上的籍贯和地址一样。我们不由得高兴起来，感到找到了证实大森君当年确实在秋田生活过的官方证据。电话号码簿上跟在他姓名后面的"门窗隔扇"几个字，是新掌握的信息，他当时可能是个做这些东西的匠人。

接着我们又检索了按职业分类的电话号码簿。因为我们已经获得了关于他职业的线索，所以觉得如果调查一些他当时的同行，说不定里面也有了解大森君的人。在最古老的一本《秋田县职业分类电话号码簿》（截至1967年4月1日/东北电信局版）里，我们查找了"门窗隔扇"和"木工"职业类，里面共登录了五十一个秋田市内的电话号码。望着排列在眼前的姓名、地址和电话号码，我默默地在心中祈祷：不管是谁，但愿里面有大森君在世时的熟人。

前往大森君的老家秋田

我们决定几天后赶到大森君的故乡秋田去，因为我们想了解大森君走过了什么样的人生道路，了解他有没有什么亲属和友人。

我们是坐飞机去的，然而去大森君故乡的旅行从一开始就有不尽如人意的兆头。飞机从羽田机场起飞后，由于秋田机场附近笼罩着浓雾而无法着陆，在上空盘旋了将近一小时。据说秋田机场之所以容易起雾，是因为它位于远离秋田市中心的山区。我们等着天气转好，可雾始终不散，飞机不得不又返回了羽田机场。我们心中烦躁，觉得老天爷好像非要阻止我们前去采访似的。

　　原来的预定是坐早晨第一个航班去的，结果，等换乘的临时航班降落到秋田机场时，已经是下午了。这次采访是在11月进行的，秋田倒是还没下雪，但气温低得跟东京没法比。不用说，呵出来的气也是飘着白烟的。

　　从机场到秋田市中心的大巴一路摇晃了四十分钟，才到达秋田火车站西口。我们下车后立即赶向大森君在履历表上亲笔填写的户口所在地，想把耽误的时间抢回来一点儿。

　　大森君的履历表和国立图书馆里的电话号码簿上，都有他的户籍所在地址，那地址离秋田市中心大约十分钟车程。但这两个地方写的都是已经被改掉了的旧称。这使得我们虽然找到了大致的地段，但却难以弄清确切的地址。

　　于是，我从包里取出在国会图书馆查来的门窗隔扇匠人信息，靠着这些记载，我们在大森君户籍所在地的区域里，找到了一家门窗隔扇店。

　　这家门窗隔扇店至今还在经营着，店主自家居住的平房紧挨着工作车间。车间里传出听上去很舒服的声音，那是机器在切削木头。眼前的银杏树迎风摇摆，阳光下的树叶闪烁着金黄色的光。

"对不起,打扰一下。"

我们打开发出机器声的车间的大门,向正在最里面切削木头的主人打招呼。不知是因为他正在埋头干活还是机器声盖住了我们的声音,他竟然没有一点儿反应。我们放开嗓门又招呼了一遍,主人这才停下手来,从耷拉到鼻尖的眼镜上头用眼睛和蔼地注视着我们,操着浓重的秋田腔问道:"什么事啊?"他看上去七十来岁,跟大森君差不多。

我们说出大森君的名字,问他大森君是否在这一带生活过。

"啊——,好像是有户人家姓大森来着。可是,后来人都没了,现在已经没那户人家啦。我还记得那个人的名字,可他比我大几岁,再说我们交情也不那么深,所以我对他不太了解。"

我们拜托他带带路,想至少把大森家的地点搞清楚。"行啊!"他爽快地一口答应。从自家房子里取了件土黄色的防寒服后,他就迈开步子领我们去了。一到外面,大概是因为风刮得冷飕飕的缘故吧,主人把手插进裤袋里,像去附近散步似的悠然走了起来。他领我们走到临街的一家理发店前停住了脚步。

"原来是在这里的吗?"

"嗯,就是这一片儿。"

"这儿啊? 能不能请您说说,那时候是什么样子的呀?"

"实施城市规划以后,这一带彻底变了样,连道路也全都改了。"

"那地点呢? 是这一片吗?"

"对,是这一片儿。"

老家的土地如今易入他人之手,大森君的双亲也早已亡故了。

我们去当地法务局申请了一份那块土地登记簿的副本进行确认。据上面记载，大森君的父亲是1927年购入这块土地的；他于1963年过世后，大森君在第二年继承了土地；这块土地在1970年变更为木材公司所有后，随即又转到了理发店经营者的手里。那一年，大森君三十五岁。

这家酒馆离大森家老房子的地点大约二百米远。我们跟着门窗隔扇店的店主走进酒馆里，见到有位老太太正坐在外廊上一边烤火一边喝茶。她旁边有条斗牛犬，跟她一样也蜷缩着身体在烤火。

"这几位是专程从东京来的，想了解一下大森君的情况。奶奶，您跟街坊邻居熟吗？"

老太太快到八十大寿了，看样子耳朵有些背，门窗隔扇店的店主是凑在她耳朵边上大声招呼她的。

"大森忠利在东京过世了，现在成了个没人认领的孤魂野鬼。"

听了我们的话，刚才像是一直在打瞌睡的老太太突然睁大了眼睛，第一次开口说话了："哎呀！真的呀？"

老太太仍然清楚地记得大森君和大森家的其他人。

她告诉我们，大森君是三男三女的六个兄弟姐妹中的第三个男孩。两个哥哥因为战争和生病早就死了，几个姐姐也都嫁出去了，所以大森君才成了支撑全家的顶梁柱。高中毕业之后，他一直在本地一家木工厂里干门窗隔扇的手艺活。可是三十三岁的时候，家里破产了，于是他把母亲留在老家，自己到东京去工作了。

"他是个少言寡语的人,一直在兢兢业业地工作。喜好的东西只有酒,所以常到川反(秋田的娱乐街)去喝一杯。可是啊,他心太善,容易受骗上当,再加上说话有点儿冲,不太随和,所以后来就撑不下去了……现在落得个没人烧香供养的孤魂野鬼的下场,实在是可怜啊!"

大森家的坟墓

没有一个人知道,大森君已经在东京悄然离世了。老太太说大森家的墓地就在附近,可以带我们去。她腰腿看来已经很不得劲了,拄着拐杖好容易站起身子,趿拉着鞋子在街上慢悠悠地走去。太阳已经开始西垂,晚霞把整条街染得通红。老太太边走嘴里边嘟哝着:"真可怜啊……"

她领我们去的是一个寺庙,这个老旧土墙环绕着的古庙里只有一个小小的佛堂。佛堂旁有片不大的墓地,老太太在墓地中一言不发地穿行,走到了佛堂墙边一块小墓地前。那墓地的长度还不及一个成人的身高。

"大森家之墓",这是墓碑正面雕着的文字。里面埋葬着1963年七十岁时过世的大森的父亲和1991年九十岁时过世的母亲,双亲的法号①、卒年与享年刻在墓碑侧面。毫无疑问,这里确实是大森家的坟墓。

坟墓前杂草丛生,没有供奉的鲜花,似乎已经很久没有人来

---

① 日本习俗,人去世之后被赋予类似佛教僧人的法号。——译者

扫墓了。

"真不应该啊，明明有自已家的墓地，根本用不着把他当成孤魂野鬼的嘛。就算不搞葬礼，也可以让他跟娘老子葬在一起的呀。"

大森君年轻的时候父亲就已过世，几个姐姐也都嫁了人，家里最后剩下的老母亲也在大森君去东京之后亡故了。老家已经没有一个人会跟大森君联系。老太太合在一起的手掌轻轻搓动着，对着坟墓拜了又拜。

那天晚上，为了暖暖冻僵了的身子，我们去吃了顿秋田的土产酒和地方菜。吃饭的地方就在据说大森君也经常去的川反地区，那里位于秋田市中心旭川的河边，自古以来就是娱乐街。那一带的景致很有风情，河边柳树的叶子一直垂到河面，水中摇曳着五光十色的霓虹灯倒影，真是让人百看不厌。

在一家老牌地方菜餐馆里，我们就着新米年糕火锅和盐烤带子叉牙鱼，喝着温热的土产酒"新政"、"高清水"来暖和身子。叉牙鱼胀鼓鼓的肚子里满是鱼子，那鱼子一咬就噼噼地爆开来，口中立刻充满了可口的鲜味。

嘴里品尝着美味的地方菜，话题却没有离开过大森君。我们原来以为秋田与东京、大阪这些大城市不同，相对而言，大概还是比较重视乡情纽带的。正因为如此，当听到大森君老家的人对于他的死竟然一无所知时，老实说，我们是很震惊的。然而我们又不由地想到，一个人一旦离开了故乡，与老家朋友的联系就会减少；到了双亲相继过世之后，更会变得没有老家可回。这样的事情，不是也可能发生在我们自己身上吗？

实际上，我们录制组的成员也都是从各地来的。在东京忙于工作的时候，回故乡的机会就少得微乎其微。哪怕回去，也只是在新年和盂兰盆节期间去一趟父母还在的老家。完全可以想象，如果双亲过世了的话，就很少有可能主动回去了。

大森君这样的事不能说与己无关。一想到这里，不管怎么喝，我们也兴奋不起来了。真的没有人知道大森君死亡的消息吗？真的没有人为他的死而悲伤吗？

我们累得浑身乏力，一回旅馆就深沉地睡着了。

寻找大森君的同届同学

第二天，我们决定去寻找大森君中小学时的同届同学。因为我们了解到，大森君小学毕业那年（1947年）的毕业生，一直定期召开同学会，是历届毕业生中相互联系最频繁的一届。由于负责召集大家的那个同学曾经当过秋田市政府的干部，所以这个同学会得以一直坚持到现在。

我们立即去那位秋田市政府的退休干部家里拜访。出来接待我们的，是位看上去很有知识的长脸老人。一听说我们是从东京来的，他立刻尽量不说秋田方言，而是用极为接近标准话的语调跟我们谈了起来。

乍一听到大森忠利这个名字时，他没想起来。但后来听我们说到大森君当过门窗隔扇匠人时，他大梦初醒似的使劲点头：“啊——，有，有这个人。”随即说了大森君当年留给他的印象：“他个子不高，属于不爱说话的那种类型。在学习、运动方面不怎么突出。”他说自己不怎么跟大森君一起玩，随后告诉了我们几个他记得跟大森君交情好的同届生的名字。

对这几个大森君的同届生逐一进行调查时，我们找到了看来跟他关系最好的同学。去拜访的时候，一位满面红光的圆脸男子出来接待我们，他就是大森君小学和中学时的同届同学——高田仁。

高田君把我们请进最里面的屋子，那是间有被炉的起居室。刚坐下，他太太就拿出秋田名产烟熏萝卜干来招待我们。这种烟熏萝卜干，是把萝卜先用烟熏，再跟米糠和盐和在一起腌制而成的。它虽然跟一般的腌萝卜干有点儿像，但表面被熏得发黑，味道里也有用烟熏制留下的香味。

我们不客气地把烟熏萝卜干放进嘴里，一边咯嘣咯嘣咬着，一边问起了大森君当年的情况。

"他是个什么样的人啊？您还有他当时的照片吗？"

"我们老在一起玩啊，因为我们两家很熟嘛……哪个是他呀？没准儿是这个吧。"

说着，高田君拿出一张已经变成褐色的小学集体照来给我们看。他戴上老花镜，把照片上那些同学的脸一个一个仔细地过滤着，然后指着站在第二排左边第一个的男孩子说："这个是我。"照片上的那个圆脸男孩剃着光头，身穿立领学生服，虽说是五十多年前的照片，可仍然看得出高田君的影子。他的学生服上看不到第二粒扣子，高田君说："那扣子是我跟别人摔跤时弄掉了。"

高田君的眼睛继续向右边望去，手指点着站在第三个的男孩子不动了："是他——就是他！"这个男孩子就是大森忠利。

他跟别的男同学一样剃着光头，穿着立领学生服，高田君说大森君的习惯就是老朝右歪着脑袋。

"大森君耳朵不好，有个老是歪着脑袋听别人说话的毛病。他个子矮，所以位子总是在前头。记得他学习跟我差不多，不算是拔尖的。"

照片像是勾起了高田君的回忆，他对我们说着，不禁眉开眼笑。

借款担保人

高田君说，自己后来学做面包，成了面包师，大森君则走上了门窗隔扇匠人的职业道路。他说大森君拿手的本事是做"小活扇拉门"和"彩饰拉门"。"小活扇拉门"是一种特别的拉门，它的一部分必须做得可以上下左右自由开闭；"彩饰拉门"上的一部分格棂则必须加工成富士山或流水的图案。

他说自己跟大森君常一起到秋田市的繁华街川反去喝酒，可善良的大森君却因为心太软，当了别人的借款担保人，以致自己的人生被搞乱了套。

"他当门窗隔扇匠人时，有一阵子把做的家具、拉门都从秋田卖到东京那边去了，自己的活忙得很。可听说不知什么时候他好像又去担保别人借款，到后来不得不代替别人还债，连自己家的房子都被拿去抵债了。其实他也结过婚，生过孩子，不过好像又因为债务问题离婚了。再往后，他就突然间不见了。"

怎么？大森君原来是结过婚，有过家庭的！我刚要为他也有过幸福的时光感到高兴，但立刻又想到今天他孤独死亡的下场,这反而使我心里更为凄凉了。假如现在他没有离婚,还在过着家庭生活的话……虽然明知再怎么假设也是无济于事,但此时此刻我忍不住这么想。

特别是当我目睹他的同届同学高田君现在也生活得很幸福时,这种想法就更为强烈了。高田君看来很喜欢喝热茶,他一杯接一杯地不停喝着,我看到他手里的茶杯上刻着字:"祝爷爷寿比南山!"高田君说这是孙子送给自己的,他用孙儿送他的茶杯幸福地喝着茶。而当年的同届同学大森君呢?他已经在东京孤独无助地死去了。而且即使是大森君,我不能不说的是,如果他当年走的路稍微不同一点儿的话,也是有可能像高田君一样过上幸福生活的。

因为听说与大森君和高田君同年(1947年)毕业的同届同学定期召开同窗会,所以我们又问道:

"大森君的事,在同届同学会上有人谈起过吗?"

"哎呀——,好像……没有啊……"

说着,高田君拿出一本浅蓝色封面的小册子给我们看。只见封面上写着:《1947届毕业生同学会》,这是本同学会的姓名簿。是在2007年12月召开同学会时编印的。

第一页上印着当年的校舍照片和校歌,第二页登载的年表中有历代校长的名字与学校的沿革,第三页是男生的姓名和联络地址,第四页是女生的姓名和联络地址。

然而我们采访组的人凑在一起把姓名簿从头看到底,却在哪一页上都没找到大森君的名字。高田君拿过姓名簿使劲翻了起来,翻到第五页的时候,他说道:

"也许是一直没有他的消息吧。恐怕……噢，在这儿呢。"

那是写着"无法联络者"的姓名栏。

在男子一栏的第六行，写着大森忠利的名字，地址电话栏里则是空白的。

大森君那一届的同学共有九十人，其中有十九个人"无法联络"。大森君自从双亲死后，就切断了与故乡之间的纽带。

失去与故乡的关联

"十年来每况愈下的中小城市。"

"滞留大城市的无法还乡者与日俱增。"

这是我们在节目中秋田画面的结尾处打上的字幕，是打在重现大森君坐火车进京的情景画面上的。在画面上，车窗映出的秋田景色越来越远，渐渐消失在漫天飞舞的细雪之中。

结束在秋田的采访返回东京时，我们强烈地感到：今天与大森君进京的时代相比，整体结构实际上或许并没有任何变化。无论是诸多青年集体乘着就职专列火车从农村去城市工作的往昔，还是中小城市不断衰退、工作岗位越来越少的今天，年轻人离乡去城市工作的队伍从未中断，有去无回、无力重返家园的人依然屡见不鲜。今天在城市工作的年轻人中，几十年后或许也会出现与大森君走上同一条路的人。

回到东京，我们继续追寻大森君的足迹，希望了解他进京之后是如何生活，如何迎来自己人生终点的。

留在大森君遗物中的一张通行证给我们提供了线索。那张横写的通行证与名片一样大小，最上面印着"出入通行证"，下面是手写的"大森忠利（六十九岁）"几个字。笔迹与他留在东京都大田区那个供餐中心的手写履历表上的字是一样的。既然写着"六十九岁"，就等于说他从供餐中心退休之后，直到快七十岁了还在干活。

通行证上还贴着大森君当时的照片。照片上的大森君身着浅蓝色工作服，里面穿的是米黄色衬衫，脸上的表情好像有点疲倦。

我们去寻找发放这张通行证的公司，没过多久就弄清楚了，通行证是横滨市的劳务派遣公司发放的。顺着这条线索我们了解到，大森君作为劳务派遣的员工，在东京一直工作到他过世的半年前。

我们马上去拜访那家劳务派遣公司，公司的总经理接待了我们。

"大森君总是笑呵呵地干活，那段时间真是帮了我们大忙。因为那是一般人不愿干的活啊，又单调又脏，连指甲下面都会被油弄得黑乎乎的。"

大森君从供餐中心退休之后，一直在干按天计酬的合同工，过了七十岁也没闲着。他的工作是清除沾满在工厂大型机器上的油污。得先把机器拆卸开，然后手工清除粘在里面的油污，再用玻璃制的研磨剂打磨干净。这项工作通常是由正式员工来干的，只有在人手不够的忙季才会来找他，每天的工资是一万日元。

劳务派遣公司的总经理说，他虽然对大森君年过七十还努力工作的精神心存感激，但不理解他为什么非得那么拼命地干活。

"有时候我问他：'大森君，你没事吧？'他也只是朝我咧着嘴笑一笑。这是个沉默寡言的人，不怎么多说话。我听说他已经在领养老金了，所以一直以为他是靠养老金维持基本生活，来这里干活是为了赚点零花钱……可是见他干活真的很玩命，我又觉得有点奇怪，心想他可能有年过七十还得工作的苦衷，也许是不能对我们说的吧。不过，具体是什么原因，我就不得而知了。"

望着车间旁边地上油迹斑斑的劳动手套，我们也遐想起来，为什么大森君要一直工作到自己人生的最后呢？这样做的原因是什么？这个谜是我们再次去秋田采访之后才逐渐解开的，大森君这样做，是因为他一直没有割舍掉对于故乡的思念。

一直工作到临终的原因

我们又向秋田出发了，因为我们感到，大森君一直工作到临终的理由，也许能够在秋田找到。

再访秋田时，那里已经白雪皑皑，冷得更彻骨了。听人说秋田冬天的暴风雪来时，像是把雪从下朝上刮起来似的，不过我们这次到那儿的时候，雪下得还没有那么猛。

真的是"现场百回不算多"，离开秋田的那段时间里，又收到新的信息，我们得到了一个大森家老邻居的新地址。那家人原来住在大森家隔壁，是跟大森家来往最热络的。上次我们去秋田时，这家人一直没找到。

这户人家的玄关装着两道门。第一道门打开后，是块玻璃墙围着的区域，那里装着第二道门。这种唯独北国才有的建筑结构能够防止冷空气进到家里来。

我们刚到那里，一位个头矮小、精神矍铄的老妇人便迎了出来。她好像已经知道了大森君过世的消息，一听我们提起大森君，立刻就打开了话匣子。

"我从大森家坟墓所在的那个庙里听说，他死在东京，成了没人认领的孤魂野鬼。那个庙原来的长老最近死了，换了个年轻僧人在当住持，他不了解大森家的详细情况。可原来的长老告诉过我，大森君每年都会把双亲的香烛供品费从东京寄到庙里来。长老说，大森君是觉得既然双亲葬在这个坟墓里，那自己早晚也会埋到这里面，所以才会寄香烛供品费来的。可想不到他没能埋进这坟墓里，落了个无人收尸。真惨啊！"

这就是说，大森君直到临死之前，都在坚持给故乡的寺庙寄父母的香烛供品费。而且为了寄钱，他年过七十还一个人在东京不停地工作。然而，没有一个亲属知道他的苦心，寺庙的住持也换了代，了解情况的人已经没有了。大森君死后无人前来认领遗体，被埋在了东京都新宿的无名死者墓地。想必他一直盼望着把自己埋到父母长眠的坟墓里吧，然而这小小的愿望也成了破灭的幻梦，他最终没能回到自己的故乡。

大森君留下的人生痕迹

从大森君辞世的屋子开始，我们辗转采访了他的工作单位和故乡秋田。毋庸置疑的是，各个采访地确实都留有大森君的人生痕迹。

然而大森君最后的下场呢？他是被当作无主尸首，当作一个"姓名不详"的人而被画上人生句号的；是作为《政府公告》上每天登载的"在途死亡者"之一，被按部就班地处理掉的。对待一个人的人生，能够如此草率吗？仅用十几行文字表述一个人的人生，不是太不合情理了吗？凄凉，愤懑，我们心中百味杂陈，无法自已。

这种凄凉、愤懑该如何表达是好呢？

在节目中，我们决定只是把《政府公告》上的报道平淡地读给观众听：

> "这是政府公告上关于大森君的报道。
>
> 籍贯·户籍·姓名不详之男性。
>
> 随身物品：现金100 983日元。
>
> 存折2本。
>
> 这篇启事到第十行就结束了。
>
> 一个过着极正常生活的人，失去了一个又一个与社会的连结，
>
> 最后呈现在我们面前的，是他孑然度日，悄然逝去的身影。"

被拆除的公寓

节目播放之后，大森君在东京悄然离世的那幢公寓要被拆掉了。当初我们去采访的时候房东老婆婆就说过："这房子越来

越破旧了,过些日子得把它拆掉。"

所以节目播放完后,只要一有机会,我们还会去造访那幢公寓。2010年2月下旬的一天,当我们又一次走近那幢来过多次的公寓时,早已看惯的住宅周围风景依然如故,只有一小部分发生了变化。

变化的就是那幢公寓。铲车开了进来,红褐色的外墙正在拆除,破旧的公寓墙壁早已疏松了。拆房工人大概并不知道这里发生过什么,拆除工程平静地进行着。然而对我们来说,却一心只想寻找这里曾经的痕迹。我们去找每次来时都会遇到的蜷缩在房子与院墙间窄缝里的那只野猫,它长着黄白两种毛,尾巴上的花纹跟老虎尾巴的一样,可现在哪里也找不着它了。

我们问开铲车的工人:

"是全部拆除吗?"

"是啊。今明两天里得全部拆完,把这里整治成平地。"

"原来住在这里的人到哪里去了?"

"那我们可不知道啊,光是有人让我们来拆房子。"

为什么会牵挂原来生活在这里的那些房客? 因为那些房客净是从外地来的,他们几乎都跟大森君一样,也是断绝了与故乡关联的无依无靠的人,在某种意义上,也可以把他们看作是"无缘死预备队"。正因为这个原因,很难设想因为拆除公寓而失去住所后,那些房客能轻而易举地找到新的去处。

早在公寓拆除之前我们采访大森君的事情时,房客们就在谈论这方面的事了。

神野征二郎原来住在大森君屋子上面的八号室,他也是从秋田县来的。

"我们不知道自己哪天也会走上大森君的那条路。不知道会不会也在这里一个人静悄悄地死去,连认领遗体的人也没有,最后变成孤魂野鬼。因为我们从乡下出来已经多年,很久没有回去了。"

十二号室的大林七郎是新潟县出身,他也说道:

"就是啊。我也是从新潟出来后就一次也没回过老家呀。就是这里,也不知道能待到什么时候。等上了年纪,人家会把我当成累赘的。"

正是因为听了这些话,所以我们惦记着他们的下落。我们在周围四下打听,最后只弄清了神野君现在的住处。

我们马上去了一趟神野君的新住址,那是坐落在东京都大田区蒲田的一幢二层旧楼房,神野君就住在一楼最里边的屋子里。一开始,我们在玄关按了门铃,可大概是因为门铃坏了吧,并没有听到一点儿铃声。于是,我们一边嘴里叫着"开开门啊",一边使劲敲玄关大门。这时候,只听吱啦一声,玄关大门打开了。

"什么事啊?"满脸诧异来开门的不是别人,正是神野君。

"我们是NHK的,以前为了大森君的事,在喜作庄打搅过您……"

话没说完,他就答道:"啊——,好久没见啦!"

"原来那幢公寓被拆除了,我们不放心,所以在找你。"

听了我们的来意,神野君告诉我们:

"真是遭了罪啦。房东说是要拆公寓,让我们搬走,但我无依无靠,没处可去呀。没有办法,我只能申请生活救济,请他们帮我解决住的地方,可是他们说:'房子得请你自己去找。'我自己到处奔波,总算找到了这个公寓。可这个公寓也很旧了,还不知道能让我住到哪一天呢。我现在已经死心了,还是听天由命,住到哪天算哪天吧。"

见他精神还不错,我们本来松了一口气。但一想到他始终生活在"还不知道能让我住到哪一天呢……"的担忧之中,我们又惴惴不安起来。

自杀的公寓房客

更为痛心的是,我们终于听到因为拆除公寓"出事"了。

有人因为找到最后也没找到安身之所,悲观至极,最后亲手了结了自己的生命。这是个七十二岁的男子,以前我们也采访过他,至今我们的录像带上还保存着他生前的影像和声音。

"您以前在干些什么工作?"

"我一直在各个建筑工地干活来着。"

"听说这幢公寓以后要拆掉了,您有可以搬过去的地方吗?"

"没地方可去,得流落街头了。"

"您有没有什么兄弟之类可以依靠的人?"

"没有。"

没有一个可以依靠的人——,他回答我们的声音那么无力、低沉。消息说,就是他一直也没找到可去之处,最终选择了自杀。

大森忠利君失去了与故乡的纽带,又失去了在东京的任何关联,独自一人溘然长逝;而生活在同一屋檐下的公寓房客其后的遭遇,也无一不折射出我们这个"无缘社会"的残酷。

［专栏］
悄然普及的"直送火葬"

既不搞灵前守夜，也没有在家中的告别仪式，只经过遗体火化就算追悼过死者的"直送火葬"已开始悄悄地普及。这种送葬方式不开追悼会，只需把遗体从死者家中或医院直接运到火葬场付诸火化就行了。

炉前葬、火葬场告别仪式……殡仪公司的网站主页上介绍着叫法五花八门的直送火葬方案。费用大约从十几万到二十几万日元。对这种最简素葬礼的需求正在急剧增长。据港区一家名叫"联结"的专营殡仪中介和丧礼咨询的殡仪信息公司介绍，在东京都内举行的丧礼中，直送火葬已经占到了三成。

在直送火葬中，没有通常丧礼中那种人们汇聚在灵柩前彻夜追思的场面，只需死者遗属和朋友集中在火葬场的追悼厅里完成献花等简短的告别仪式。棺材一旦进入火葬炉，不用多久便可将骨灰收进骨灰盒了。

无人送终的生命终点

"这个人有是有儿子，只是好像很少来往……"

殡仪公司接到了一个电话,在埼玉县的一家火葬场里即将举行一场火葬场告别仪式,死者是一个接受生活救济的七十六岁男子。我请殡仪公司的员工对外说我是"遗属",因此也得以参加了这场火葬场告别仪式。

盛放遗体的灵柩安置在炉前的一间小屋里,据说这男子的遗体被发现时,是倒伏在廉价公寓的公用厕所里的。宁静的小屋里,灵柩中的男子脸色发黑,有些浮肿,看来已经死了好几天了。他真正的遗属和朋友一个也没有来。

"能不能请您跟我们一起为他献花?"

殡仪公司的两个职员加上我这个"遗属",在场的只有我们三个人。我们一起把花放进灵柩,再点上香。

"死亡之前,他走过了什么样的人生……"

也许他曾经被家人围绕,生活得很幸福。这个男子度过了七十六个春秋,最后却没有遗属和朋友来为他送别。我双手合十,目送着滑入火葬炉的灵柩,胸中五味杂陈,无以言表,我问自己:为什么直送火葬会呈现急剧增加的趋势?我要通过亲自采访找到答案。

直送火葬每天都在进行。我们对用直送火葬方式为亲属办丧事的人进行了采访。

圆崎城治(七十三岁)住在千叶县浦安市,2009年,他用直送火葬的方式送走了九十二岁亡故的母亲。母亲在丈夫死后痴呆症恶化,在老人护理福利院中住了十五年有余。她的兄弟姐妹均已过世,也几乎没有朋友到福利院来看她。

"母亲辞世的时候,已经没有必须要通知亲戚朋友了。与那种徒具形式的丧礼相比，我倒是希望只由我们家里人来静静地送她走。"

那天，十来个子女、孙儿和曾孙聚集到火葬场，一起在圆崎君母亲的灵柩中放满了鲜花，与她作了最后的告别。那天连念经的僧侣都没有请①。

"来火葬场的真的全都是自己家里人，仪式和致辞都没搞，孙儿们摸摸她的脸，帮她捋捋头发，就这么从容度过了最后与她在一起的那段宝贵时间。"

二十年前举行父亲的丧礼时，来参加灵前守夜和家中告别仪式的多达一百来人。当时，虽然对来参加丧礼的诸多亲友心存感谢，但仪式搞得大家身心疲惫，花了那么多钱也让人不痛快。圆崎君觉得，母亲素来为人腼腆，不擅长待人接物，与她这样告别尽管不够风光，但却是能让她满意的。

一般认为，直送火葬增多的一个很大的原因是"长寿化"。活得越长，认识自己的人中离世的也越多。以前确实存在过的邻里交往和血亲关联，也会因为隔代的原因而趋于中断，以致即使举行丧礼，这些人也不会来参加。硬把人召集到一起举行丧礼的举动，无论对逝者的家人还是周围的人，都不啻为一种"麻烦"。这种观念正在社会上普及。

生前签署"直送火葬"合同

"我死了以后请按直送火葬办。"有人活着的时候就签署了

① 日本正式葬礼中一直保留请僧侣念经的习俗。——译者

这样的合同。

一个住在埼玉县川口市的六十七岁女子，四年前死了丈夫，现在一个人生活。她没有孩子，与年迈的哥哥也几乎不来往。

"现在最可怕的，就是自己生病卧床不起了。要说死的话，我倒情愿一下子悄悄地死掉，给谁也不添麻烦。"

丈夫死后，这个女子曾经一度病倒，孤零零地待在屋子里，没有任何人可以依靠。这使她对于孤独死亡有了强烈的意识。

为了排遣寂寞，她每天跟朋友们积极交往，不是去参加和服穿着讲座，就是一起去唱卡拉OK。可是一回到自己家里，涌上心头的孤独感依旧会让她感到悲凉。

这位女子已经写好了遗书，为的是能在生前就与今后为自己办丧事的非营利组织签署合同，好让他们为自己办理直送火葬。因为她觉得，为了自己的后事而让别人费心，是很过意不去的。

"人死的时候，说到底也是一个人去死。就算有孩子，我也不愿意给他添麻烦。那种面子上的风光，我根本不需要。只要在我的棺材里放满我喜欢的大波斯菊，我就心满意足了。"

另外，因为生活拮据的缘故，以直送火葬方式办理死者后事的情况也不在少数。

我们访问了东京都千代田区的一个殡仪公司，这家公司声称，他们承包的丧礼中，半数以上是采用直送火葬方式的。这是一家成立才三年的公司，女总经理三十几岁，手下有十来个员工，一个月要承包二三十次直送火葬的业务。

"他们很多都是想靠自己的力量办丧事，但在经济上又心有余而力不足。这正说明现在过日子艰难啊。"

那天，我们看到公司办公室里安放着将近二十个骨灰盒。据女总经理说，这些都是直送火葬之后没人来领的骨灰。有些是因为死者没有亲属而被运到这里来的，但其中也有些骨灰是家人拒绝领走的。

安放在这里的不少骨灰，是那些从行政部门领生活救济的人的。这些接受救济的人生前就与兄弟姐妹或自己的子女疏于来往；生活贫困，又失去了与周围联系的纽带，最后迎来生命终点时，就只能是直送火葬了。这位总经理告诉我们，在这些接受生活救济者的直送火葬现场，一个亲属也不来的情况并不罕见。这种时候，只能代之以由殡仪公司的员工来烧香，并从火葬场领取骨灰。

"刚出生时那么得人疼爱，最后送终时却只剩下这个人自己。尽管想来太凄凉了，但我们还是想尽可能诚心诚意地送走他们。"

安放在殡仪公司的那些骨灰在迎来他们各自的七七四十九天后，会由殡仪公司的员工运送到为无依无靠者设立的合葬墓地去。

人生最后的追悼场所正在发生巨大的变化。随着时代的前行，人际关联正日趋式微的事实已不容否认。

山口满（NHK仙台电视台记者）

第二章　日趋脆弱的家庭纽带

——被拒领遗体的去向

板仓弘政

（NHK《明天的日本》报道项目记者）

随着采访的继续，我们逐渐了解到，其实三万二千名"无缘死者"的绝大多数身份都已得到确认，他们有亲属，只是没有人来认领遗体。明明有血脉相承的家人或亲戚，却落得"无缘死"的下场。我们觉得，在"家庭"这一社会的最小单位的层面上，或许发生了某种反常事态。

急剧增加的遗体拒领

"今天又有拒领的……"

"家庭到底算什么呀？亲属间的关系怎么变得这么疏远了？"

这是我们经常从行政部门的办事员口中听到的话。当时，为了了解"无缘死"现象的严峻程度，我们正在对全国所有的地方行政部门进行独立调查。

"拒领"这个词听上去颇有分量，令人震惊。我们尽快拜访了几个地方行政机关，了解这方面的情况。

其中的一个，是在第一章中提到过的东京都足立区政府。

在位于中央栋三楼的福利管理科里，工作人员每天都为寻找独自生活者死亡后的遗体认领人而忙碌。

工作人员正在打电话，手边放着警察署寄来的"尸体联系表"，上面记载着死者信息、遗体发现场所和发现时的状况。和他通话的人似乎是某个死者的亲戚。

"就算留在屋子里的家什衣物都可以当作垃圾扔出去，可骨灰是不能扔的呀。这样下去的话，他的骨灰就会作为无主骨灰，由足立区来进行保管了……"

挂断电话，工作人员对我们埋怨道：

"他说自己是远亲，跟死者已经十几年没有来往了，不能来认领。"

办事员告诉我们，在"拒领"导致"无缘死"急剧增多的现象背后，家庭形态变化巨大这一因素不可忽视。在往昔，三代人共同生活的"三世同堂"非常普通，然而如今时代变了，社会变为以"小家庭"为核心，并开始朝"单身户"方向迈进。未结婚的与结婚但没有孩子的人也在增加。这些人死亡之后，不得不请甥侄来认领遗体。然而，甥侄会说"我跟死者只是在冠婚葬祭的礼仪场面上打过照面"，或是"我们已经二十多年没见过面了"，并拒领尸体。最近几年来，这种情况屡见不鲜。

"单身"、"不婚"、"少子"之类家庭形态的改变，给"无缘社会"火上浇油。

当听到甥侄"拒领"，我们并未不分青红皂白地认为这些甥侄都做得太不近人情。因为将心比心，如果我们也突然接到一个电话，要我们去领取一具姑父或舅妈的遗体，而我们和这个姑父或舅妈已经二十多年没见过面，或者只是在红白喜事的场面上见过，我们会不会心生犹豫："啊？这种事该怎么办啊……"会不会无法立刻回答呢？

同样，如果数数看的话，我们自己的亲戚里面，也总有一两个没结婚或是结了婚但没孩子的吧。如果有的话，我们就不得不做好思想准备了。有朝一日，完全有可能会接到区县政府突然打来的电话："你的大伯过世了……"正因为如此，我才突然感到，"无缘社会"的病灶并非只浮于表面。

新行业——"特殊清扫业"

"无缘死"现象催生了一个新行业——"特殊清扫业"。

它们的业务内容是受托于区县政府，专门代替家属整理遗物。这是最近几年出现的新行业，现在已增加到了三十几家（截至2010年）。它们每个公司都有自己的网页，并在东京、大阪、名古屋等大城市设有办事处。但它们都打着"受理全国业务"的旗号，称自己并非局限在城市，如果需要的话，也能够前往乡镇地区。

经过交涉，我们获准在他们去死亡现场工作时进行随行采访。

这是一家在东京都大田区平和岛设有办事处的特殊清扫公司，办事处就在一大片仓库群的角落里。委托他们清扫的主要是区县政府和死者的外地亲戚，他们说一年能收到三百多个清扫委托。收到委托后，员工就带着特别的工具赶往死者的住处。他们把死者去世的住处称为"工地"，我们猜想，或许正是因为这种死亡每天都在发生，所以他们才会这么叫。有时由于遗体过了好几个星期才被发现，恶臭充满了整个房间，他们会把施放臭氧气体的特殊装置也带去。臭氧具有强氧化作用，可以用于杀菌、除臭和去除有机物。三四个员工把这种特殊装置放上卡车后随即出发。

进入死者的住处后，他们分头整理每间屋子里的遗物，绝大部分家什衣物都扔掉。如果是死者的外地亲戚委托他们清扫的，他们会预先请示如何处理，但大多数的请示结果还是都扔掉。尽管如此，他们还是会尽可能把"贵重物品"另外放在纸板箱里保管起来。所谓"贵重物品"，不只是存折、印鉴、手表之类通常所说的贵重物品，还有那些被死者一直珍藏着的照片、信件、日记，他们也是当作贵重物品来处理的。

"四时独吟红蜻蜓"

第一次随行采访，跟他们一起去的是位于川崎市的一套单元楼。一个九十岁的女子独自住在那套房子里，死后过了将近一个月，遗体才被人发现。她家里的电视机一直开着；厨房的烤面包机里还留着没烤好的面包，浴室的浴缸里放满了水——所有迹象都说明她是猝死的。

被特殊清扫公司员工归为"贵重物品"的，是这个女子生前外出旅游时的照片，以及她收到的朋友的信件。据说这是个有事业心的自立型女性，生前一直没有结婚。被归为"贵重物品"的还有这个女子亲笔所书的纸笺。纸笺上"四时独吟红蜻蜓"的字迹，像是她有感于自己的境遇而写下的词句。

听说这个女子有个不在一起生活的八十岁的弟弟，姐弟俩

腰腿疲弱,这些年已经渐渐不来往了。弟弟知道姐姐的死讯后灰心丧气地说道:

"我腰腿也不好,上了年纪以后,当然就没法跟姐姐来往了。看到姐姐离开这个世界时是这种样子,我心想,姐姐已经没有了,接下来就该轮到我啦……"

在这个单身老人独居的时代,连兄弟姐妹间也无法相互帮扶的现象已经越来越普遍了。

在另一个"工地",我们目睹了家人间的纽带是何等脆弱。在那里遇到的情况与在足立区政府听到的"拒领"故事如出一辙。

这次我们跟特殊清扫公司一起去的是千叶县的一个小镇。在一套连排式镇营住宅里,一个六十岁的男子过世了。死因被诊断为病死,也是死后一个月才被发现的。

委托办理特殊清扫的,是镇政府的工作人员。这男子生前是领着生活救济金独自生活的,死了之后,镇上的工作人员找过他的亲戚,但没有一个亲戚肯来认领遗体。工作人员联系到了死者在外地生活的外甥,说明拜托他来认领遗体后,死者的外甥回答说:"我跟他十几年没见面了,最后一次见到他是在亲戚的结婚仪式上,而且在那儿也没跟他说什么话。"这个外甥说自己不能来认领遗体。

看来特殊清扫公司的人也从镇政府那里得知了这些情况,他失望地说道:

"我们的工作,是到委托给我们的房子里清扫并整理遗物,工作时要尽可能保持不带任何感情色彩的平和心态。可是,碰上这种亲属拒绝到场、拒绝认领遗体的情况，心里也是会愤愤不平的呀。我们感觉到最近有一种倾向，以前的那种骨肉情好像越来越淡薄，越来越不起作用了。"

从屋子里朝外望去，那男子生前养在阳台上的植物只剩下了枯萎的躯干，吊在窗边的风铃被风吹得悠悠地摇摆不停。

被遗弃的骨灰

后来，我们在一个"工地"更是亲眼目睹了惊人的严酷现实。

那里是东京都品川的公寓商品房。我们随同特殊清扫公司的人走进屋子，只见到处散乱着家什衣物和垃圾。这套房间原本是爹妈和儿子一起生活的，老夫妇死后，独自住在这里的儿子因为欠下债务而失踪了，结果，这套房间成了拍卖对象。中标的不动产公司来到房间里一看，却发现"某样东西"被遗弃在屋子里。

我们朝佛龛望去……是老夫妇的骨灰被遗弃在那里。一方是遗像中微笑着的老夫妇，另一方是遗弃双亲骨灰而去的儿子。直面严酷的现实，我们的心绪难以抚平，所谓家庭，到底算什么呀？

对于特殊清扫公司来说，这是"常有的事情"，他们淡漠地继续清扫，继续整理着屋子里的遗物。然而他们随后采取的行动，却使我们受到了更大的冲击。

特殊清扫公司的人轻轻地取出一个小纸板箱，把被遗弃的骨灰盒放进了纸板箱里。"你们这是要干什么？"听到我们提问，他们回答说，要用快递把骨灰寄到接收它的寺庙去。

他们用圆珠笔在快递公司的表格上填写各个事项。"收件地址"栏里写的是接收骨灰的寺庙地址,"寄件人"栏里写的是特殊清扫公司的名字,而"寄件品名"栏里填写的却是"陶器一个"。没错,放骨灰的骨灰盒的确是个陶器,但将也可称为人之最后身影的骨灰当作"陶器一个"来处理,让我们无法掩饰自己的震惊。

特殊清扫公司的员工淡淡地说道:

"活着的遗属都不愿接手,这些骨灰连能安息的地方都没有啦。"

"这种骨灰以后会怎么样呢?"

"嗯——,冲着它们没什么用处这一点来说,咳,就跟垃圾差不多吧。"

最后,随着一声"慢走啊"的招呼声,特殊清扫公司的员工送走了来取骨灰的快递员。

无人认领的骨灰的去向

骨灰到底去了哪里?我们决定去追踪它的下落。

调查结果是,它被送到了富山县的一座寺院。

这里是富山县高冈市的高冈大法寺。查了查它的历史,它建于1453年,亦即享德3年,是一座有着五百五十七年历史的古刹。穿过正面的山门,是一片铺满小石子的空地,前面看得到的庞大木质庙宇是大殿。大殿雄踞正中,像是统率着两侧比及房檐的茂密松树。我们决定先到大殿旁边的办事处去找住持。

按了门铃对讲机之后,响起了彬彬有礼的女子应答声:"请进!"我们嘎啦嘎啦拉开门,一个女子正端坐着迎接我们,看来她是住持的太太①。她把我们让进屋里："住持刚才到施主家去了，请在这儿等一等。"我们被直接带到里屋，品味着日本茶和茶点，等了三十分钟。"住持现在回来了，一会儿就到这里来。"住持太太又说道。

住持栗原启允穿着茶色的法衣赶到我们坐着的屋里来了。他头发剃得很短，表情柔和，目光敏锐，是高冈大法寺的第三十一代住持。"哎呀呀，让你们久等了！"这声和蔼的开场白让我们松了一口气。因为我们原来担心，他是古刹的住持，我们未经约定就突然闯进来采访，说不定会被他赶出去。

我们首先向他说明来意，解释说我们在东京采访时，发现有些无主骨灰被送到了这里。栗原住持说："确实是送到我们这里来了，请到这边来。"说着，就带我们走进了位于大殿中央的正殿。

我们追踪的那对老夫妇的骨灰，就安放在正殿里。栗原住持说："送到这里来的骨灰，先在这里安放一星期，每天早晨为他们诵经祈福，然后再收到大殿后面的骨灰堂里去。"

据栗原住持说，最近几年，他们开始通过快递接收因为无人认领而没有去处的骨灰，现在主要接收东京、神奈川、千叶、埼玉这些首都圈的，全国其他地区的也接收。接着，他说起了接收无主骨灰的来由：

"事情是这样的，早在五六年前，就有电话从东京的行政部门打过来了，问我：'贵寺有没有叫这个名字的施主啊？'我回答说：'有啊……'他们就对我说：'其实是有一个与您那位施主有关系的人过世了。他现在已经火化，能不能请您那位施主来认

_____

① 日本佛教一般允许僧人建立家庭，寺产也可代代相传。——译者

领这个人的骨灰啊？'他们找我商量的原来是这么件事。我把他们的要求转达给了那位施主，结果那位施主吞吞吐吐地对我说：'我跟那个人已经没多少交情了，为什么非得把他葬到我们家的墓地里去呀？'

"后来因为商谈这种事的电话实在太多了，我就问他们：'如果我们不接收的话，这种骨灰怎么办呢？'他们回答说：'大概会被当作垃圾处理的，因为这种骨灰没有去处啊。'听了他们这个回答，我觉得再也不能置之不理了……后来我开始琢磨起来，觉得必须得建立一个能接收这种骨灰的机制。"

"无缘死者"的骨灰堂

这一天，恰好是要将东京那对老夫妇的骨灰从大殿移进骨灰堂的日子。住持的两个弟子一人捧着一个骨灰盒缓步前行，走进一般的施主墓地。或许由于这里是寒带吧，一排排积雪的墓碑都有一人来高。我们跟着这两个僧人穿过墓地，前面便是无人认领的"无缘死者"的骨灰堂。

骨灰堂入口挂着块牌子，上面写着堂名"寂照"。进了入口，走下楼梯，来到一个半地下的建筑物里，它的前方设有一座小小的祭坛。僧人将那对老夫妇的骨灰小心翼翼地安放在祭坛上，然后再次为他们诵经祈福。木鱼砰砰地轻轻叩响，烛火青烟袅袅升起。祈福完毕，骨灰分别与泥土混合后各装进一个埋葬袋，然后埋葬到祭坛后面的埋葬区里去了。

寄到这里来的，大都是家属不去认领的骨灰。从东京、神奈川、千叶、埼玉地区城市寄来的居多，目前已经有一百多人的骨灰埋葬在这里了。

骨灰堂左右两侧的墙壁，都造成一格一格的，像更衣室一样。栗原住持把这里比喻为"公寓坟墓"，这里排列着一百多个更衣箱似的小箱子，用来存放骨灰。那些没有孩子的夫妇或是独身的老人，可以生前签署合同，死后将骨灰保存到这里来。一个个存放格子上挂着牌子，写着死者的姓名和法号。那些尚未存放骨灰的格子上，也挂着"已预定"的牌子。我们对这种预定骨灰格子的现象大为吃惊，却也感到它的存在实属面对现实的一种无奈。

回到大殿，栗原住持给我们看了一个文件夹，里面汇总了将骨灰用快递发到这里来的寄件人信息。由于骨灰寄送表上设有"理由"栏，通过这一栏可以看到各种各样寄骨灰者的五花八门的理由。

"本人因为已经结婚，不能认领双亲的骨灰。"

以这个理由将骨灰从东京寄送来的，是死者的亲生女儿。

"死者原来一直靠生活救助金生活，死后尸骨无人认领。市营无名死者墓地已用完，无处可葬。"

这是来自关东地区某行政部门的委托。行政部门虽已将死者火化，但却无墓地可埋葬，因此将其寄送到富山来了。

老年福利院中的烧死事件

概括说来，就是有些人在城市里孤独死去又无人认领，他们的骨灰就会被寄送到富山来。在寺庙里，即使是无人认领的亡灵,倒也能得到体面的安葬。然而在离世之后,"无缘死者"在他们原来生活的城市里既无地安身也无处可去,这不能不使我们联想起另一个与其完全相同的事件。

那是在2009年3月,群马县涩川市郊外的老年福利院"玉响静养之家"发生的一场火灾。报道说烧死了十名入住者,其中竟有六人是东京人。这个消息揭示出一个事实:东京都内没有能够入住的养老院,那些收入微薄的东京老人才会被送到外地的未注册的老人之家去。

由于当时我们正在进行"无缘社会"的相关采访,所以注意到了这个事件。而且死亡的六名东京人中的三人,最终因无人认领而被葬到了无名死者墓地。骨灰被寄送到富山来的那些人生前也是生活在城市里的,然而这些骨灰在城市里却无人收留。这使我们感到,这种情况并非个案。

栗原住持也说道:

"虽然我看到的时候他们已经成为骨灰,但我猜他们活着的时候,或许就已经从社会的人际关系中被切割出来了。他们死后是很孤独,但其实活着的时候,说不定就一直是生活在血缘、地缘等社会和人际关系之外的。这种断了人际关系而孑然独处的人,活着的时候很孤独,死去的时候也很孤独,连丧礼都没人给他们操办。而且死了以后还是无处可去……"

栗原住持说,有一种感觉是他创立孤独老死者接收机制之后才有的,那就是:这些被抛弃的人当初大概也都是和我们走过同样轨道的。

"即使是我们,如果人生道路走错一步,生活中出了某种问题，说不定都会成为独居老人而悄然死去的。绝不是仅有某个特定群体的人才会孤独老死，他们也曾有过像样的一生，或许也曾有过孩子，或许也曾把孩子培养成人，或许自己出生时也曾让爹妈喜出望外。他们都有各自走过的人生，怎么能仅仅因为在生命的最后阶段被孤立了，就让他们的下场如此不堪呢？

"尽管追究'人埋在哪里'啦，'他一点儿痕迹也没留下'之类的问题可能会被人嘲笑为迂腐，但我并不这样认为。所以哪怕是被人扔掉的骨头，我也是能多捡一根是一根。"

日趋脆弱的亲属关联

亲属关联日趋脆弱是"无缘死"蔓延的重要一环。

所以我们决定去追踪亲属拒绝认领遗体的情况。

2009年4月，一个独自生活的男子在富山市内公寓里过世了。死亡的第一发现者把我们领到了男子死亡的房间，这个人在死亡男子晚年时曾经与他交往过。

"就是这里。"

这是一幢有着仿砖外壁的二层公寓，坐落在横穿富山市的神通川旁。这位第一发现者打开一楼房间门，请我们进去。这是一套一室户，进门后右边是灶台，左边是便器和浴缸一体化的整体浴室，里面是个只有六张榻榻米大小的西式房间。

"他死亡的时候是什么姿势？"

第一发现者为了向我们描述当时的状况，慢慢地靠着浴室里的马桶坐了下去。

"是这个样子。脸朝天，就这样……"

他摆出背靠马桶、抬头望着天花板的姿势。那男子的死因是脑溢血。

死者名叫常川善治,享年五十五岁。

那天常川君预约了医院门诊,却没有去医院。第一发现者觉得奇怪,就去他住的公寓找他,这才发现他已经死了。第一发现者说,当时他房间里的电视机、空调、电灯全都开着,这说明他是猝死的。

"常川君死前干什么工作?"

对于我们的提问,第一发现者回答道:

"他不大爱说话,不过我们在这屋里一起下象棋时,他说过点儿自己的经历。记得他说他以前开过出租车,好像是在他老家的出租车公司当司机吧。他还笑着说过:'我的名字叫善治,跟羽生善治①的名字一样。要是我象棋下得也跟他一样就好啦!'"

常川君是喜欢象棋的!可是第一发现者说,当自己想再知道一点儿常川君的身世时,他却缄口不语了,当时屋子里只听得到单调的象棋落子声。大概是想起了当时的情景吧,第一发现者的眼角有点儿湿润了:"他为什么非得孤苦伶仃地死掉呢?"

常川君曾经当过出租车司机,然而富山市政府虽然寻找过他的亲属,却没找到任何愿意认领遗体的人。

寻找出租车公司

常川君走了过什么样的人生道路?我们决定继续探索下去,

---

① 羽生善治:日本象棋选手,1970年出生。1996年成为日本象棋史上首位获得七项比赛冠军的大满贯选手。——译者

线索就是前面提到的他曾在老家的出租车公司当过司机这件事。常川君的老家是富山县西部的一个与石川县交界的小镇，我们决定从富山乘坐开往金泽的"北陆本线"火车到那里去。

途中，我们在月台小卖部买了富山名产"鳟鱼寿司"。鳟鱼寿司是先在圆形便当盒的底部铺满细竹叶，然后把腌渍后加了调味品的鳟鱼块排在上面，再将醋饭①摁进便当盒做成的。圆便当盒上下都贴着绿竹，最后用橡皮筋箍住出售。浅粉红色的鳟鱼块，雪白的醋饭，再加上细竹叶鲜嫩的绿色，真是美极了。一边品味着鳟鱼寿司一边摇晃在火车中，四十分钟后，我们到达了常川君老家的那个车站。

下了月台，我们即刻开始寻找出租车公司。幸好车站跟前就有出租车乘车点，对那些排队等待载客的出租车司机，我们从头到尾问了个遍。

"这个镇上有多少出租车公司啊？我们要找一位司机……"

"这一带只有三四家出租车公司，有点儿名气的好像有两家吧。那人叫什么？你们要是找人的话，一家一家问一遍不就知道了吗？那边就有一家出租车公司嘛。"

那司机说着指了指只有十米远的地方，那里一楼是车库，二楼好像是个办事处。

我们赶紧前去打听："以前，有没有一个姓常川的人在你们这儿干过？"谁知道女办事员回答说："没有，没听说过。这一带好像没什么人姓常川啊。"

无奈之下，我们向她打听了另一家出租车公司的具体地址

---

① 醋饭：加进醋、盐、糖进行调味的米饭，一般作为寿司原料使用。——译者

后，就离开了那里。第二家出租车公司的办事处在三百多米远的大公路旁。我们敲了敲门走进里面，正在调度车子的女性抬头问道："你们……要出租车啊？一辆够了吗？"听我们说完来意，她说了声："请稍等！"立刻又朝着话筒进行调度："三号车，请到火车站去。"然后才回过头来说道："你们找常川君啊……对不起，我们公司没有姓常川的人……"

"是吗……"

这里也不是啊。我们带着失望正要起身离开时，有个男人从里面屋子伸出头来说道："常川？就是原来姓赤田的那个人吧。"这个男人是这家出租车公司的所长。

据这位所长说，常川善治原来叫赤田善治，后来因为入赘到一个姓常川的女人家当上门女婿，才把名字改成了常川善治。

常川君身世掠影

"这是公司员工旅游时拍的照片。"

所长拿出来的，是一张上面有七个男人笑逐颜开的照片，他说是出租车公司员工旅游时，在石川县能登岛的家庭旅馆拍的纪念照。左起第二个面色白净的瘦弱男子就是常川善治，他穿着件白衬衫，外面披着深藏青色的宽松夹克。

"从1993年到1998年，常川在我们公司开了五年多出租车，离开后也已经十几年了。他在这里干的时候，是住在现在已经用作仓库的房子里的。这个人好喝酒，但身体又不行，所以也常常请假。他原来是在这一带出名的有钱人家长大的，可家里发生了各种变故，他失去了根基，生活也波折起来了。"

所长对我们谈起了常川君的身世。他说常川家早先在火车站前最好的地段开了一家综合超市。在那个只有鱼店、肉店之类小专营店的时代，开办集中各种商品的美式超市，是有先见之明的。超市繁盛非凡，常川君是三兄弟中最小的，一家人和睦地过着富裕的生活。可是，资金雄厚的巨型超市在郊区开业以后，常川家的超市开始每况愈下。雪上加霜的是一手掌管经营的父亲病倒了，这使得他们家终于破了产。在这个镇上无法再待下去，一家人各奔东西，他们关系不错的兄弟三人也都离散四方了。

"大概是因为破产的关系难以再待在镇上了吧，常川一度离开了这个镇。在各地辗转了一段时间，最后来到了我们公司，但关于其间的经历，他并没有详细对我们说过。"

"养老金专递"解开的经历之谜

当地富裕家庭里长大的常川君，由于家道中落而骨肉离散。这是家庭关联趋于脆弱的原因吗？我们获得了搞清他这段经历的线索。作为第一发现者的男子给我们看了一样东西，他说是在常川君的遗物中找到的，这就是常川君收到的"养老金专递"。起因是社会保险厅发现了一个悬而未决的养老金记录问题，即常川君虽有养老保险金的缴纳记录，但记录却未按基础养老金编号统一合并到一起，为了确认他在2007年以后公共养老金的缴纳情况，他们寄来了这份通知。

在这份通知上，排列了一长串常川君的工作经历。

他在石川县田舍镇的客车公司、石川县金泽市的纸张批发公司、金泽市的纺织公司、金泽市的殡仪公司辗转工作过，而最后的工作经历，则是老家富山县的出租车公司。

常川君家业破败、离开老家后，一直在石川县各个行业间碾转调工作，我们决定去采访所有那些他工作过的公司。

调查结果显示，他在最早去的客车公司和纸张批发公司、纺织公司工作时，使用的是"赤田善治"这个名字；而1991年起在金泽市的殡仪公司工作后，他开始使用"常川善治"的名字。因为骨肉分离而失去了"家"的常川君，在石川县勤奋工作，以期东山再起。他总算在那里结了婚，构筑了一个新的"家"。

后来采访的一个他当年的同事告诉我们，自己还记得常川君当时讲的"家"的情况。

"他说女方跟已离婚的前夫生过一个女儿，现在母女俩生活在一起。他告诉我说要跟那女人结婚。记得他还表示，为了结婚，必须拼命地工作。"

然而，幸福似乎并没有持续多长时间，过了不久，他又离婚了。这次他离开石川县，又重新回到了老家富山县，在出租车公司当了五年司机。

作为第一发现者的男子又告诉我们：

"常川君说他从老家的出租车公司辞职以后，就到富山市来找工作。但工作没想象的那么好找，他好像就打起高空作业的短工来了。他说自己从工地的脚手架上掉下来，摔断了大腿骨，从那以后没法工作，只能靠领生活救济金过日子。这大概也是因为多年来他不注意保养身子，才最后落了个这样的下场……"

运到医院去的遗体

常川君死后，没人认领遗体。虽然富山市政府找到他的亲属，请他们来领取，但是没有一个亲属答应。

为了了解这段原委，我们走访了富山市政府。富山市政府虽然认为这涉及个人隐私，一般不能公开，但鉴于我们是在进行独立采访，他们还是在可能的范围内回答了一些问题。

据他们说，收到警察署发现常川君遗体的通知后，他们立即进入了寻找遗体认领人的程序。然而虽然他们对常川君的不止一位亲属提出了遗体认领的请求，但亲属们摆出各自的理由后，都表示拒绝认领。

"每到这种时候，我们都觉得工作没法干下去了。我们心想，不管死者生前跟你们这些亲属有什么过节，不管你们各自有什么难处，至少这个人已经死了嘛……血管里流着同样的血，又吃过同一个锅里的饭，真让人寒心极了。可要说这是不是特殊案例，那可绝不是。现在大概已经到了这样的时代了吧……"

行政工作人员的表情是复杂的，他们虽然满腹无法理解、难以忍受的情绪，却又不能硬逼着遗属来认领遗体。

后来，常川君的遗体被送到新潟的一所大学医院去了。

我们去采访那所大学医院的时候，出来接待的是一位穿着白大褂的教授。这位教授体魄强健，声音洪亮。我们直接询问他常川君的情况，教授说："他生前的信息我们一无所知，但遗体是很小心地保存在这里的。"说着，就带我们到保存遗体的地方去了。

乘电梯来到大学医院的地下室，沿着冷漠的奶黄色墙壁的走廊向前走，右手出现了一扇同样冷漠的门。一打开门，只见有十来个学生好像正在进行着什么操作。

数量紧缺的"捐献遗体"

"学生正在进行这种实习。"

教授说，在这所大学医院里，学生实习使用的"捐献遗体"数量不够。常川君的遗体，就是征得遗属同意后送到这里来的。

学生进行操作的大房间里，排列着二十来张带脚轮的床。床上虽然盖着深蓝色的床单，但还是看得出隆起的人体形状。这些正是作为捐献遗体送来的尸体，说实在的，我真觉得一种冲动如鲠在喉。

捐献遗体，是供医学系和口腔医学系学生实习使用的，为了医学的进步，人们认为必须进行遗体捐献。大多数的捐献遗体，是死者出于"因为得到过这家医院的照顾"、或"希望对医学进步有所贡献"的理由，在生前就进行登记，希望自己死后将遗体捐献出来，这叫作"志愿遗体"。然而我们得知，与大城市医院不同的是，在中小城市里，如果光靠主动捐献的"志愿遗体"，是无法收集到一年实习所需要的遗体数量的，所以有时就会接受路毙者或无亲属死者的遗体。常川君的情况正属于这一种。

仔细想来，在对全国的地方行政部门独立调查"无缘死者"

的数量时，也有几次听到一些工作人员说过："还有些遗体后来变成'捐献遗体'了……对于捐献遗体，我们地方行政部门没有统计过。你们真的要调查的话，不到医院去问是没法知道数字的。"这等于说，那些捐献遗体确实是未包括在三万二千名中的"无缘死者"。

这家大学医院中作为捐献遗体登记在案的，当时有四百八十具。其中六到七成是生前希望捐献遗体而登记过的"志愿遗体"，除此之外，就都是无人认领或没有任何亲属的遗体了。

大学医院的一位教授坦承："最近觉得那些没人认领的、没有亲属的遗体好像多起来了。"

我们掌握了关于遗体捐献的各大学的统计数据。这份数据叫作《慈善捐献遗体现状·大学一览表》，里面收集了2008年度的数据。

北起北海道，南至冲绳，全国每个医学系和口腔医学系解剖实习使用的捐献遗体数、"志愿遗体"在其中所占的比例都登记在上面。各所大学医院都设有"白菊会"、"白百合会"、"白梅会"之类的受理窗口在接受遗体捐献。

从这份一览表上看，仅靠"志愿遗体"便可满足100%需要的大学医院有八十一所，满足90%需要的有九所，满足80%需要的有七所，满足70%需要的有一所，满足60%需要的有两所，满足50%需要的有五所，满足40%需要的有一所，满足30%需要的有一所。

在东北、北陆地区，再加上九州地区的中小城市呈现出捐献遗体匮乏的倾向。

这些遗体中,生前并未登记过希望将遗体捐献出去的,全国共达一百五十一具。一般认为,这些捐献遗体和常川君的情况一样,也都是无人认领或没有亲属的。

而正在接收"无缘死者"骨灰的富山县的高冈大法寺也反映,成为"捐献遗体"后再送到他们那里去的骨灰多起来了。

在寺里保管的一个文件夹中,汇集了被火化成骨灰的那些人的信息,其中包括遗体捐献者的信息。

这是一位在神奈川县的市民医院过世的八十六岁女子。她骨灰的寄件人是那所市民医院,骨灰寄送单的"理由"栏里写着:"因无遗属,已转作捐献遗体处理。"

这是一位在埼玉县的老人院过世的九十岁男子。他虽然有个弟弟,但因为弟弟拒绝认领,遗体便被转作捐献处理了。他骨灰寄送单的"理由"栏里只写了"捐献遗体"四个字。

此外还有在埼玉县的公寓里过世的一位八十三岁的男子,他虽然有妻子,但遗体也被转为捐献处理了。

通过对全国所有地方行政机关进行的独立调查而越来越清楚的是,除了已查明的三万二千人之外,在亲情日趋脆弱的形势下,"无缘死"正以"捐献遗体"的形式宣示自己的增长势头。

常川君的前妻

常川君与家庭的纽带是如何逐渐被削弱的? 我们决定再次回到富山去寻找他的亲属。

首先，我们找到了曾经跟常川君一起生活的他前妻的住处。当年常川君曾经在石川县田舍镇频繁转换职业，现在他的前妻仍然住在那里。去拜访她的时候已经很晚了，我们犹豫片刻，还是按了门铃。"谁呀？"一个充满戒心的声音传了出来。"我们想请问一些有关常川善治君的事。"听我们说完，玄关拉门开了一条缝，里面露出一张脸来："怎么了？是不是他出了什么事？"常川君的前妻个子矮小，一脸疲惫。毕竟时间太晚了，我们本想就这么站着问她几句，但她像是看出了我们心里的顾虑，开门把我们请进了屋里。

"常川君过世了……"我们刚一开口，她就露出了吃惊的表情："啊？真的？"她说自从离婚以后，跟常川君就没互相通过电话。她不知道常川君死亡的事。

接着我们告诉她："他的遗体没有人认领，现在已经被作为捐献遗体送到医院去了。"常川君的前妻这是头一回听说关于捐献遗体的事情，但依然话中带刺地说道："啊——没有人去认领？真的呀？哎呀！幸好没有来找我。"

我们还有一件事想了解，那就是常川善治君是当了入赘女婿才从赤田改姓常川的，可他离婚以后并没有改回到原来的姓，还是一直姓常川。我们向常川君的前妻打听了其中的缘故。

"这件事，是他在离婚时作为条件提出来的。他想仍旧使用常川这个姓，不愿意再改回到原来的赤田。也许对于他来说，新组成的家庭感觉还不错吧。说不定就是因为这个，他才想把这个姓继续用下去的。"

事到如今，前妻已经不算是常川君的遗属了。而遗属以外的人，原则上是不能认领遗体的。

无法认领遗体的亲属

接下来，我们又找到了常川君舅舅的住址，他曾经从市政府和警察那里接到过关于常川君死亡的通知。他的家在一幢瓦屋顶的日式老住宅里，从大门柱子到玄关之间的大庭院里装点着盆景和灯笼。我们事先并未与他约定，就突然到他家拜访来了。进去后看到一个老翁正在摆弄院子里的盆景，我们猜他就是常川君的舅舅，于是走近前去。他停下手来，和蔼地注视着我们。

"我们是NHK的，请问您是常川君的舅舅吗？"

"常川？你们说的是善治？"

"我们知道他已经过世了，想向您了解一些这方面的情况。"

"在这里谈有点那个……走，请到里边来吧。"

常川君的舅舅请我们来到家中的起居室里，随即递过来一张名片："我姓高山。"这位舅舅虽然已是年过七十的高龄，但他现在还在打理公司，衬衫上还打着领带。他有条有理地说了起来。

他说自己多年来跟常川君没什么来往，但还是从警察和市政府那里收到了希望认领遗体的通知。可是常川和高山是不同的姓，无法把常川君的遗体葬到自己家的坟地里去。尽管如此，他还是为常川君起了法号，愿意为常川君摆供祈福。

"他们打来好几次电话，都是问我能不能去认领遗体。可他的骨灰，你们说说看，是没法跟我们家墓地里的骨灰混在一起的吧。如果是出点儿钱什么的，我还能照办；可连骨灰也让我领走，那可就难办了。再说也没法马上为他做个墓地呀。所以我只是尽自己的所能，好歹请了和尚来为他念经，又给他起了法号。现在他恐怕已经是没人管的孤魂野鬼了吧。可那也是没有办法的呀。"

说着，这位舅舅取出写有常川君法号的护符放在佛龛上，点燃线香，鸣动了铃铛。叮铃……叮铃……幽幽的铃声中，他手持乌木念珠，轻轻地把手掌合了起来。

同意捐献遗体的哥哥

对常川君前妻和舅舅的采访结束了，亲眼目睹的现实告诉我们，在当今的时代，"亲属"已无法像往昔那样值得期待了。

然而，最后还有一个我们无论如何都想去采访的人。

这是一份文件，一份"关于解剖的遗属承诺书"，一份同意捐献常川君遗体的承诺书。"死者住址及姓名"栏里写着常川善治君的名字，接下来印着的文字是："对于依据《尸体解剖保存法》的规定对上述尸体进行解剖一事，本人没有异议。"

而最后一行写的是"与死者的关系：兄"，还有他本人的亲笔签字。

签字同意的，是常川君的哥哥。

我们决定去拜访常川君的住在富山县的哥哥。

那一天正下着大雪，从飞机到火车，所有的交通工具都乱了套。我们乘坐的外景车也卷进了大堵车的行列，只能一边用雨刷不停地刮雪，一边继续慢慢朝前开。

常川君哥哥的家，在单元楼的一个一室户里。他们看上去生活得很节俭，屋子里寂静无声，我们从外边看不出里面是不是有人。

按了按门铃对讲机，听到一声回应："是哪位呀？"我们刚回答完"是NHK的"，就听到了门铃对讲机挂断的声音。过了一会儿，门"咯吱"一声打开了，紧接着有人冲着我们说道："收视费的事，我以前就跟你们的人说清楚啦！"[1] 说话的人是常川君的哥哥，他跟常川君不一样，长得很魁梧，但脸型和表情很像常川君，一看就知道跟常川君是兄弟。

我们告诉他采访的目的，问他为什么没有去认领遗体。他话不多，只是告诉我们：

"因为家里破产，我们一家都变得七零八落的了。

"父母死了以后，我们兄弟来往得更少，我跟弟弟之间，不敢说二十年吧，但至少有十几年没有联系过……

"虽然是一个娘养的，可我跟弟弟几乎没有一起生活过。再加上我现在也有老婆孩子，自己家的生活已经很够呛了，所以才会请求把弟弟埋葬到医院的无名死者墓地去。"

捐献遗体编号：683

我们又一次走访了新潟的大学医院，那里是常川善治君的长眠之所。

还是上次为我们带路的那位教授，他穿着白大褂，领我们向

---

[1] NHK电视台因不播放商业广告，因而成为日本众多电视台中唯一一家向观众收费的电视台。因拒缴人数众多，常有NHK电视台职员上门催款，故此处有此种反应。——译者

那里走去。那地方是大学医院的太平间，就在学生们实习房间的最深处。

打开沉重的门，教授指了指太平间里靠墙排列着的柜子：

"就在那边。"

那边排着六排银光闪闪的安置柜，人们叫它"码垛机"。柜门上只写着冷冰冰的号码，而常川善治君的骨灰就安放在那边的柜子里。

因家业破败而骨肉分离的常川君，虽然后来有段时期也构筑了新的家庭，然而到了人生的终点，却被作为捐献遗体编上号码，安放在没有任何人会来探望的地方。我们自己无尽的感伤，也只能浓缩在节目中这短短的两行字里：

"捐献遗体编号：683。

"常川善治君现在被安放在这里。"

发生在身边的"无缘死"

在跟随特殊清扫公司进行采访时，我们亲眼看到，在现代社会里，与父母兄弟分开生活已经成为常态，无论是谁，都有可能随时遭遇到"无缘死"的命运。

这里是埼玉县的一幢二层楼公寓。咚咚咚咚——几个人在轻捷地向楼上跑去。他们就是带我们前来的特殊清扫公司的员工。这一天，他们受房东的委托，来公寓楼的一套房子进行特殊清扫作业。

那套房子在二楼最里面。打开房门，左边是厨房，右边是厕所和浴室，里面有一间六张榻榻米大的屋子，屋内窗旁放着一张床。清扫员工麻利地打开窗户，开始清扫房间、整理遗物。

他们手势熟练地整理着遗物，从柜子中找出死者生前珍藏着的贵重物品。从大堆的文字资料中，他们找出了一张照片。

"这个人就是他吧。"

给我们看的这张照片，是六个男子坐在卡拉OK店里拍的。坐在最前面的那个人，就是刚过世的馆山进君，享年五十七岁。

照片上的馆山君头戴褐色棒球帽，身穿薄薄的米黄色法式夹克衫，嘴边留着胡须。

他三十五六岁时失业，后来一直辗转受雇于几个劳务派遣公司。可是这种工作形式收入很不稳定，以致他终生没有结婚。

清扫员工让我看他洗的衣物和冰箱里的食品，说看来他生前是个非常一丝不苟的人。

"他衣服都自己洗得干干净净，叠得这么整齐。"

"米饭也这么一份份分开，真是勤快啊。"

只见几份保鲜膜包着的剩饭，全都冻在冰箱的冷冻室里。

馆山君身边没有亲人，在这个与外界隔绝的公寓房间里死了一个多月，才被人发现。挂在屋里的洗涤衣物早已晾干，阳台花木箱里的花朵也全都枯萎了。

与近邻的点滴"关联"

馆山君在这幢公寓里已经住了十几年。虽然没有结婚，但他与邻居们就没有交往吗？趁清扫员工整理房间的时候，我们走出屋子,去找邻居们了解情况。

住在公寓隔壁的一对夫妇告诉我们:

"一开始我们跟他只是在街上碰到时打打招呼,后来有一次下大雪,他要铲公寓楼梯上积雪的时候,向我们借过雪铲,从那以后他就跟我们经常说话了。记得他说他姓馆山,跟演员'馆广'的'馆'是同一个汉字。"

他与邻居的来往就从这样一件小事开始了。后来他们的关系亲密起来,那对夫妇晚饭的菜做得过多时,也会给他送去。

"我们夫妇俩都上了年纪,菜做多了就会剩下。所以虽然觉得馆山君没准儿会嫌我们多事,但还是给他拿去了。记得有一次送去的好像是冻豆腐煮芋头吧。第二天,他非常高兴地对我们说:'好吃极了!'所以从那以后,我们又给他送去过几次,这一来他笑着说:'你们老是送菜来,我可就指望你们啦!'

"于是,后来馆山君也给过我们芦笋和蜜瓜。蜜瓜是挺贵的东西,我对他说:'拿你的蜜瓜怪不好意思的。'他高兴地答道:'没关系,是我姐姐寄来的。'我说:'你有个姐姐啊?'他听后高兴地笑了。现在想来,他只有那一次提起过自己的亲戚,我们也觉得别人家的事不该打听得太多,所以就没问下去。"

留在电话机里的录音

回到馆山君的公寓房间时,清扫员工还在打扫、整理。他们指给我们一个白色电话机,我们发现那里面留着让人意想不到的线索。

"电话录音"的红色按钮正在闪烁。

电话录音里还有留言——

"哔——我是姐姐，早上好……待会儿再给你打电话。咔嚓——噗——噗——噗——"

"哔——阿进，是姐姐我啊。你住院了吧？要是住院可就麻烦了，因为我不知道你不在家，把玉米给你寄去了，明后天就会到。咳，不在家就不在家吧，反正会退回来的，没关系。好吧，就这点儿事。咔嚓——噗——噗——噗——噗——"

姐姐不知道弟弟死了，接连不断地打电话来。设身处地想想当时的情景，真让人悲伤至极。姐姐在电话录音里不停地说，留言在屋子里回响，而馆山君已经一个人倒在屋里的地上过世了。

留言一个个从电话中流淌出来，我们一边望着一件件馆山君的生前物件在眼前被分类整理，一边听着一声声姐姐呼唤弟弟的昔日的留言。

在电话录音中留言的馆山君的姐姐，后来我们查出她生活在遥远的北海道。

我们决定尽快飞到北海道去与她见面。先从羽田机场乘国内航班去新千岁机场，再转乘外景车在公路上行驶了半个来钟头，就来到了宽广的农牧区。从车窗里望得到一个有名的牧场，那里养育的很多竞赛马匹曾经在国际马赛G1中夺冠。

不少竞赛马匹步伐轻捷地踢着牧草在飞奔，我们看得入迷，几乎忘记了时间。广袤的田野上，还有饲养肉牛和奶牛的牧场，以及种植玉米、小麦和大豆的农场。

馆山君姐姐的家在牧场地区的一隅。眼前的一片猪舍，告诉我们此地是养猪场。当中的一座小平房，就是我们的目的地。

按完门铃，随着一声老年女性的应答，玄关大门立刻打开了。一位花白头发束在脑后的矮个婆婆出现在我们面前，她就是馆山君的姐姐。

被领进客厅之后，立刻映入眼中的，是一张放在显像管电视机上的照片。那是特殊清扫公司员工在埼玉县的公寓里找到的馆山君生前的照片。照片上有六个男人在卡拉OK店里坐着，馆山君坐在最前面。照片端端正正地装在镜框里，好像是代替他的遗照放在那里的。我们问道：

"您就把照片放在这里？"

馆山君的姐姐笑着回答道："权当是我们活着的人的一种安慰吧。"说着，在电视机上的照片前供上了苹果、橘子和一杯水。

在电话录音里留言的这位姐姐六十五岁，如果光听她的那些留言，会觉得姐弟俩平时一直在来往。可是她的腿一年不如一年，已经不能出远门了。

天各一方的姐姐与弟弟据说已有十几年没有走动过了。

最后的电话

据姐姐说，馆山君在过世大约一个月之前打来过一次电话。

"他说他想听我说话的声音，所以打电话来了。我查了查日记，上边没写这件事，倒是写着给他寄东西的事呢。那电话是几时打来的呀？我想过，但是记不起来。可是，就是那样，他只打了一次电话，他是在对我说再见吧？"

说完之后，她把日记取出来给我们看。只见她戴着老花镜，念出了自己的日记。

"打电话告诉阿进玉米寄出了，但他没来电话。是住院了吧？"

"你看，寄东西的事倒是记在上面，可他最后打的那个电话却没有记呀……"

"馆山进君在城市中孑然离世，
"已由有关部门进行火葬。"

本该听到姐姐声音的弟弟已经过世，姐姐在电话录音里的最后留言，只能在城市的天空中徒然回荡。

"哗——阿进，你还没回来？东西（玉米）寄去了但你没签收，所以我已经请他们退回来了。咔嚓——噗——噗——噗——噗——"

一家人各奔东西、择所而栖的居住方式，在当今的时代，每个人都想到过吧。拿我自己来说，双亲住在大阪，弟弟在仙台，大家都在不同的地方生活。我自己工作忙得几乎从来都没回到爹妈身边去过，就是打电话，三个月打上一次就算不错的了。假如爹妈在自己家里倒下了，我远在外地，也没办法知道。采访馆山君的案例的时候，我不禁脊梁骨发冷，心想这种事也难说不会在自己身边发生啊！

还有那位遗体被亲哥哥拒绝认领的常川善治君，尽管有个时期他曾经辗转变换职业并辛勤打拼，也曾经结婚娶妻构筑过新家，但最后还是变成了没名没姓的"683"号捐献遗体。

选择"拒领"的亲属们

在对"无缘社会"的采访过程中，我们痛切地感受到家庭已经变得何等无法依靠。除了常川君的案例外，我们也亲眼目睹了死者伯父、姐姐、哥哥、前妻拒绝认领遗体的事件。

在东京都足立区的公寓房间里，一个四十九岁的男子用游戏机的连接线上吊自杀了。他被工作过很长时间的公司解雇后，当起了出租车司机。但因生活困苦，妻子与他离婚。失去工作与家庭的他最终选择了自杀。警察请他的前妻去认领遗体，却遭到了他前妻的拒绝："我已经开始第二次人生，不想再跟他有什么关系。"

一个四十七岁的男子死在千叶市稻毛区自己的家里，一个月后才被人发现。他早年离开北海道的老家，一直在东京从事警备保安的工作。由于一次也没结过婚，唯一的亲人就是北海道的伯父。然而当政府请他伯父来认领遗体时，伯父拒绝道："都几十年没有来往了，你们把他处理掉吧。"

一个六十一岁的男子在埼玉县狭山市倒在路上，在被送去紧急抢救的医院里过世了。他早年离开千叶县木更津市的老家，一直在东京都江户川区的运输公司工作。但老板死亡、公司倒闭，使他在快到六十岁的当口失去了职业。最后他流浪在外，倒在了街头。他的姐姐还住在老家，当警察请她去认领遗体时，她拒绝了："他过去借钱不还害得我够呛，我早就跟他绝交了。不想再跟他有什么关系，你们把他处理掉吧。"

一个六十八岁的男子在千叶市中央区的人行道上倒地死亡了。他十几岁时离开埼玉县的老家，结过一次婚，也有过孩子，可是后来离婚了。警察联系了他还在老家的哥哥，但哥哥拒绝认领："五十多年了，连个音信都没有。虽说是我弟弟，可我不想跟他再有什么瓜葛。你们去找他的孩子认领吧。"

拒领遗体现象绝不是只发生于少数特殊家族的情况。

虽说是一家人，但如果大家都各奔东西，关联日趋脆弱的话，那么无论是哪个人，无论在什么地方，都是有可能发生这样的事的。这，就是现实。

而如果今后"不婚"、"少子"的现象继续加剧，离婚的人继续增多，当到了独自生活的单身者成为主流的时候，又会发生什么样的事情？我们对此不能不感到不安。

第三章　单身时代

——"终生不婚"的大军

藏端美幸

（NHK《明天的日本》报道项目记者）

2010年4月，向东京都葛饰区的都营高砂住宅区进发的时候，我忽然问自己，这是第几次到这个地方来了？这一天，为了把观众寄来的节目观感交给那个男子，我们又到小区里他独自生活的那间屋子去了。

　　开始来这个住宅区采访，是在半年多以前。那是9月的一天，秋老虎发威，住宅区白色的墙壁反射着强烈的阳光。那天我们第一次采访了担任住宅区自治会负责人的几个居民。当初我们想要了解的是，现在各处都要翻建陈旧的都营住宅楼，这迫使居民们不得不搬家，这么一来，他们之间的关联会不会被切断？

　　高砂住宅区建成后已经使用了四十多年，从这一年起开始翻建，大约二百来户人家已经搬到别的住宅区去了。本田幸一和加藤功是自治会的正、副会长，他们反映了已搬走的老邻居们目前的困境。他们诉苦说，这些邻居绝大多数是在高砂住宅区住了几十年的老人，由于无法适应搬家后的新环境，有的人现在还是几乎每天都回高砂住宅区来找以前的熟人。还有至少四个人，因为太孤单，搬家后没多久就过世了。

本田会长他们还说道：

"仍然留在住宅区里的也有不少是独自生活的老人。当年孩子还在身边的时候，邻居间还经常来往，一年到头都有居民们一起搞的活动。而如今只有在每个月一次的清扫活动时，大家才有机会碰头。"

据他们说，还发生了一个人悄然离世后很久没被发现的"孤独死"。

寂静的住宅区

走出跟本田会长他们谈话的集会室，我们又去住宅区里走了走。太阳还很高，却没遇到几个人。这里生活着九百多户人家，可小区里一片寂静，从屋里传出来的电视机的声音都听得清清楚楚。

对于独居老人爆发性增长的问题，我们多少知道一些。不只在这个住宅区，在全日本都是如此。可是，独居的人究竟为什么会增多？住宅区又为什么会变得这么寂静？我们的焦点重又回到了这个极为单纯的问题上。

我们决定在高砂住宅区进行采访，这里的人对这次采访的目的表示理解。然而，一开始我们就碰了壁，因为我们不知道哪间屋子的哪个人是在独自生活。自治会也说，最近个人信息的收集很困难，已经编不出居民姓名簿来了。

我们跟本田会长他们反复商量，最后只得姑且先去采访一下小组长，因为他们对居民信息相对熟悉一些。高砂住宅区的四十二栋房子分为二十个小组，每组有一个小组长。我们拜访一个个小组长的家，向他们解释这次调查的内容，打听小组的哪个房子里有人在独自生活。

那些当小组长多年的人马上回答了我们的问题，但也有的小组是每年一次大家轮流当小组长的，所以新的小组长对于居民的情况几乎一无所知。我们又从居民那里寻找住户的线索，"某某知道得比较详细"，"那个人现在担任民生委员，你们可以去问他"，就这样，我们掌握的独居者户数达到了二百五十七户。那些长年住医院的和卧病在床无法接受调查的人，还没有包括在这个数字之内。即便如此，独居者的户数已经达到了这个住宅区总户数的30%。

根据掌握的信息，从10月末开始，我们进行了两个星期问讯调查。录制组的十个成员每天到小区去，一个一个找他们谈话。这些采访是一项面对人生的工作，它让我们发现了"无缘社会"得以产生的一个源头。

与护理助手谈话是乐趣

藤田干男（化名，七十五岁）在我们去采访他时，突然流出了眼泪。他在高砂住宅区已经生活十五年了。十五年来都是独自一人。他说自己没有一个可依靠的人，唯一可算作乐趣的，是和每星期来几次的护理助手谈话。他患糖尿病多年，"身上疼痛，心里寂寞，这样的日子早过腻了，真想去死"。说着说着他的眼泪就夺眶而出了。他是那么孤独，以至于第一次见到我们就克制不住，把心里话都说了出来。他颤抖着高大的身体，向我们坦白自己曾经想要自杀。直到现在，他的身影还深深地留在我的记忆里。

　　藤田君1934年出生在桦太①，全家撤回北海道后，他于二十九岁时结婚，生了一个女儿。1979年，四十五岁的藤田带着妻女来到东京，但不久后离婚，现在与妻女没有联系。

　　这次调查后过了一个月，11月的时候，我们还想找藤田谈一次话。当我们穿行在火车站前商店街的人流之中时，意外地发现了藤田君，当时他背着双肩包，正拄着拐棍走路。他说自己忘了买厕纸，我们陪着他买完以后，一起去了他的家。他那间六张榻榻米大的房间地上乱摊着被褥。厨房里囤积着大量他说是趁打折买来的方便面和年糕，冰箱里塞了五挂香蕉。他说这些是自己一个星期的粮食。屋角架子上的一堆相册进入了我们的视野，向他要来一看，只见里面整齐地贴着黑白照片，旁边还有笔法不错的文字说明。藤田君年轻时是个辗转各地的建筑工人，所以有好几张在工地上围在工友中间喜笑颜开的照片。还有两张女子的照片，旁边写着"女儿"的字样。"这是您女儿？"听我们一问，他说道："是啊。她跟我最亲了，我就是去上厕所离开一会儿，她也会哭。"

"我太累了，想休息"

　　据藤田君说，离婚是他自己提出来的。因为他由于腰疼和

---

① 桦太：即库页岛，原为中国领土，日俄战争后(1905)，该岛南部曾划归日本；二战后苏联又将该岛南部夺回。——译者

糖尿病不能再工作,觉得自己"无法再尽养家的责任"。离婚后,藤田君开始靠生活救济金生活。他想要自杀就是在一个人生活了快十年的时候。

他必须每天注射胰岛素,身体在一天天衰弱。既不能工作,也没有亲人或能说句话的人。想不通自己为什么要受这么大的苦,为什么要活在这个世上,于是他吞了大量安眠药。就在他陷入昏迷状态的时候,被正好前来的护理助手发现并送到医院,才把性命捡了回来。屋子里还留着他写的条子:"我太累了,想休息。"

为了准确地追溯藤田君走过的人生道路,获得他的同意后,我们决定与为他发放救济金的社会福利工作人员和给他寄贺年卡的人取得联系。他珍藏在家中的贺年卡有两张,一张是护理服务公司寄来的,另一张来自妹妹大杉松子女士(化名),她住在老家北海道。

据松子女士说,藤田君当年离乡背井,是有不走不行的原因的。从那以后十七年,他一直音讯全无。后来,由于母亲晚年总是唠叨"真想见干男一面",松子女士就开始寻找藤田君。当她想尽一切办法找到藤田君时,他已经离了婚,独自待在东京的廉租住宅①里了。松子女士还记得,那天藤田君听到总台传呼"有你北海道的妹妹打来的电话"时,他拿起听筒,无言以对。松子女士的听筒里传出的只有哥哥的啜泣声。她对哥哥说:"我找你找得好苦啊。"日夜想念的哥哥的声音回答说:"你比警察还可怕。"

松子女士告诉我们,一星期后,她带着母亲到东京来,与藤

---

① 廉租住宅:由非营利团体等经营并在政府备案的住宅,入住对象为生活困难者。——译者

田君见面了。自从他离开家乡以后,母亲每当路过建筑工地,都会朝里面望望有没有他的身影:"干男说不定就在这里呢……"现在母亲终于紧紧握住儿子的手了,她把儿子的名字一遍一遍地叫个不停。又过了三年,母亲过世了。

松子女士说自己一直担心年老多病、独自生活的哥哥,几次劝他:"你回北海道来吧!"但藤田君回答说:"那里太冷了,我不喜欢。"

"其实他大概是觉得,自己回来会给我和亲戚们添麻烦。我又没法撂下这里去东京看他,所以也只能通过电话来盯着他点儿了。"

与藤田君还有联系的亲属,现在只有松子女士了。她已经对社会福利工作人员说过,自己虽然没法为哥哥送终,但哥哥的骨灰是会去认领的。

正式开始摄像

得到藤田君和松子女士以及社会福利工作人员的同意后,使用摄像机的正式录制开始了。已经确定从新年起,以"无缘社会"为主题,在晚上的新闻节目中进行系列专题报道,第一集以高砂住宅区的采访内容为主。我们决定年底年头都把摄像机放在住宅区里,从12月20日左右开始,每天去住宅区拍摄藤田君和其他居民的日常生活。

第一个拍摄日,藤田君迫不及待地把我们迎进屋里,只见挂历和当天报纸的白边上,都写着"NHK来摄像"。我们提出用电视摄像机对他进行录像时,他爽快地答应了:"像我这样孤零零过日子的人一定很多吧。要是我也能对这个问题起点儿什么作用,那就太好了!"

摄像终于开始了。他好像有点儿兴奋,加上一直是孑然独居的屋子里一下子来了这么多人,使他的情绪更为高涨。只听他忽然说了声"我在锻炼身体",就做起单手俯卧撑来了。摄像师一边摄像一边提醒他"请不要勉强",可兴奋的藤田怎么也不愿停止展示他的绝活。

这样下去的话,就没法记录藤田君真实的日常生活了。我们暂且走到屋外,商量让工作人员和摄像机尽量不出现,最后决定只让一个摄像师拿着小型数码摄像机进入藤田君的屋子,陪他一起在里面待一整天。尽管采用了这种方式,一开始录的画面上,藤田君还是想要对着摄像师做他的单手俯卧撑,但渐渐地,摄像机终于拍下了他独自默默地看电视、进餐、吃药的情景。

开拍十天后的12月29日,藤田君屋里的门铃对讲机响了。摄像镜头急忙跟着藤田君向门口移动,原来是有快递来了。收到摄像师报告"他妹妹松子女士寄东西来了"的电话,我们一起进了屋里。那是一个大纸板箱,里面塞满了大螃蟹、扇贝、发酵寿司①之类北海道老家的过年菜肴。还有一封松子女士的信,信封上写着"哥哥收"。藤田君打开信念出了声来。信上回忆了当初找到藤田君后与他重逢时的情景,告诉他北海道的亲戚们身体都不错,最后跟着一句挂念哥哥的话语:"请哥哥保重身体!"藤田君立刻给松子女士打了电话,一遍一遍地说着:"谢谢! 谢谢!"

①　发酵寿司:寿司的一种。将鱼、贝和掺有曲子的米饭和在一起,压在重石下发酵而成。——译者

一个人的新年

元旦那天我们也去拜访了藤田君，他说自己吃了点妹妹寄来的发酵寿司。可能是我们的心理作用吧，总觉得他好像没精打采的。住宅区在元旦也是静悄悄的，来往的人很少。湛蓝的天空没有云彩，藤田君的屋子里也洒满了炫目的阳光。藤田君电视机也没开，愣愣地望着窗外。我们也不说话，只是默默地坐在他的旁边。

不知过了多久，藤田君缓缓地把手向桌子上的信封伸去，那是松子女士寄东西来时放在箱子里的信。他又一次读出了声音。

这个举动令我感到诧异，不由地随口问了一句：

"您又在读那封信啦？"

"嗯，读了好几遍了，每天都在读。"

"每天？"

"每天读三遍。"

说着，他捂住了眼睛，老泪纵横。

"就是……忽然想起了……以前的事。"

藤田君是怀着什么样的心情过这个孤独的新年的？我再也无法开口问下去了，只能从旁凝视着藤田君的侧影。

问讯调查的结果

独居的人为什么在增多？藤田君的情况是他身体垮了，离了婚，再加之"因为不想给别人添麻烦"，所以不能回到家乡去。

这句"不想给别人添麻烦",在进行"无缘社会"采访的现场,我们听到了好多次。

在高砂住宅区进行问讯调查的二百五十七名对象中,有大约半数的一百二十五人接受了调查,另有一半人说自己"身体不好"、"没心情跟别人说话",没有回应我们的请求。要想查清独居者增多的背景和这些人生活的实际情况,其实更需要听到这些人的声音。但我们不能强迫他们配合,只好结束了调查。

经过调查,首先可以确定的是,独居者中的大部分是藤田君那样的老人。回答问讯的人中,85%在六十五岁以上。独居的起因中最多的是"配偶死亡",占56%;接下来是"子女独立",占20.8%;占第三位的是"未婚",为15.2%;"离婚"的占8%。"未婚"所占比例不小,是这次采访新发现的情况之一,关于这一点,将在嗣后述及。

在调查中,我们特别注意询问对象与家属的关系。因为我们觉得,他们虽然是独自生活,但大部分人并非完全无亲无故。我们推测,在独居者的现象背后,隐藏着无缘社会让人难以察觉的一面。

当问到有没有平日互相联系的亲属时,回答"完全没有"的占12.8%,70%的人回答"孩子",其他的人也回答"兄弟姐妹"或"亲戚"。但对于是否打算将来与家属共同生活的问题,回答"是"的只占4%,87%的人回答"不是"。关于不共同生活的原因,最多的是"不想给别人添麻烦"。不少人虽然列举了"孩子家里房间小"、"孩子家经济很拮据"的具体难处,但大都又认为,即便没有这些难处,跟有了自己家庭的儿女共同生活,双方肯定也都会感到精神疲惫的。所以必须长期保持健康,靠自己生活下去。

对于孩子这代人遇上的艰难环境,就像"自我负责"这个常用语所代表的那样,大部分人认为自己的事情就该由自己来解决。我们感到,这种思想似乎便是独居现象急剧蔓延的背景。

在调查中,我们不仅寻找独自生活的原因,还试图弄清这种生活的实际情况。当问及一天的过法时,"跟家人或朋友见面"、"工作"之类与别人有接触的回答占52%,而另一方面,"看电视"、"在家里做家务"之类独自度过几乎全部时间的人也高达48%。

更为明显的特征是,他们总会怀有一种不知该如何度过这一天的不安。大部分人会诉说对于健康的担忧,诸如怕生病,怕自己不能自理等等。

"现在虽然还算健康,可一听到救护车的声音,心里就会想:下一次该轮到我了吧?"(七十八岁·女性)

"感冒卧床不起的时候,心里会一下子涌出一种不安、凄凉的感觉。"(七十一岁·男性)

我们还发现,已经感到身体衰弱的人,经常会把自己关在家里,与外界隔绝。

"我腰腿不行,所以害怕出门。与街坊邻居几乎没有来往,跟什么人也不说话。"(九十岁·女性)

"就是我在家里的时候,也没有人会打电话来,谁也不会来找我。"(八十岁·女性)

初访住宅区时那令人诧异的寂静的原因,我感觉自己已经找到了。

经过问讯调查逐渐明朗化的现实,我想通过采访中认识的一个人的例子来进行说明。

小林道子女士（化名·七十九岁）在住宅的走廊上对外眺望。听我们说要来调查后，她就拒绝了："今天我很忙，因为女儿就要来了。"说是两个小时后得跟女儿在火车站碰头。从早晨起她就坐不住了，到看得见火车站的走廊上来了几次，就等着到时候跟女儿碰头。她使劲抻着只有一米五十高的身子，注视着住宅区的对面。

"死的时候，就我一个人了吧？"

小林女士的屋子实在让人不敢恭维，里面虽然放着冰箱、被炉这些最低限度的生活必需品，却感觉不到一个老年妇女住在里面的生活气息。她是直到我们第三次登门，才让我们进屋跟她聊天的。小林女士说她二十年前死了丈夫，直到五年前都在做清扫大楼的工作。后来虽然能领养老金了，但那点钱没法让她安心养老，所以不得不继续工作。可是她又在精简人员时被裁了下来，付不起原来的房租，才搬到了这个住宅区。她四下望了望空荡荡的屋子说，搬家的时候，大部分家什都处理掉了。

"可是，只有女儿在七五三①时穿的和服盛装，我现在还珍藏着呢。"

小林女士说她跟独生女儿一年联系三四次，都是在有要紧事的时候。女儿结婚后与公婆住在一起，所以自己将来不可能跟她一块儿生活。外孙小的时候，她还常回娘家来住，可现在来了也

---

① 七五三：日本男孩3岁和5岁、女孩3岁和7岁时于11月15日举行的祝贺孩子成长的仪式。——译者

不进屋,只是在外头碰面,喝喝茶、说会儿话。这已经成了惯例。

自从来到这个住宅区以后,小林女士开始到附近的扒金窟^①店去玩。除此之外她没地方去,有时候整天坐在扒金窟台前,把自己那点养老金输得精光。小林女士自己说,女儿后来不到她的屋里去,大概就是因为不想看到母亲的这种生活状况。

"我女儿跟公公婆婆住在一起,一边从早到晚工作,一边养育孩子。要是再来照顾我的话,就没法过日子了。我可不想给女儿添麻烦。"

接着她又自言自语地嘟哝道:"死的时候,就我一个人了吧?"

说完,又像是要把刚出口的这句话甩掉似的,她起身拿过来一个小盒子:"最近,我开始弄这东西了。"打开盒子,里面是些做到一半的人偶,看上去是用好几张小小的彩色纸折叠后拼出来的。她说这是与她隔开一家的女邻居教给自己的。

"一个人待在屋里不是也没事可做吗?已经没钱去玩扒金窟了,所以只能做这种东西来消磨时间。"

光是想象一下孤零零地折叠彩色纸的那个瘦小的背影,我的心口已经堵住了。

查过问讯调查记录之后,我们得知,教小林女士做人偶的那个跟她隔开一家的女邻居,也是独自一人。对于有没有平日互相联系的亲属这一问题,她的回答是"完全没有"。我们立即去找她详谈了。

"哎呀,又是NHK?外头怪冷的吧。"杉原正子女士(化

---

① 扒金窟:日本特有的一种弹子游戏机。——译者

名·六十九岁）说着，马上把我们请到了她的屋子里。与小林女士的房间完全不同，她的屋子里密密麻麻的满是照片和人偶。她十一年前丈夫死了，没有孩子。但是挂着的照片都是些热热闹闹有许多人的，里面也有抱着像是亲戚家婴儿的杉原女士的照片。可她为什么回答说"完全没有"互相联系的亲属呢？

"没错，我是有兄弟姐妹，也有侄子外甥。他们小时候我还疼过他们、照料过他们呢。可是长大了，不是也就根本靠不着他们了吗？丈夫死了以后我们渐渐疏远，现在能依靠的，只有街坊邻居了。"

正说着呢，忽然听到背后不知是谁叫了一声。我吃惊地一回头，只见两个四十厘米高的人偶正坐在椅子上。

"那是……会说话的人偶？"

杉原女士把两个人偶抱了过来，说只要预先输入"听到问话要回答"的指令和自己生日的日期，到了那一天，这些人偶一早就会说"生日快乐"。

"有时候叫得也挺烦人的。"

杉原女士说着摸了摸膝盖上人偶的头。

她在一家公司工作了好多年，半年前被公司要求提前退休而失了业。现在靠救济金生活，一个人散散步，在屋子里折纸做做人偶消磨时光。她感到这样日复一日实在枯燥，所以在找活儿干。可是人家一听她的年龄，连面试都不通知她去。杉原女士说她已经考虑好了，死后就听凭行政当局去处理后事，不想麻烦亲戚。恰好女性周刊杂志上正在专题报道"直送火葬"，她打算去申请。

后来，我们又去过几次小林女士和杉原女士的家。采访组每天去住宅区，是想以问讯调查为基础，跟关注的人进一步详谈。然而进展却并不尽如人意，不是要找的人多不在家，就是有人拒绝采访。在寒风掠过的住宅区里，她们二人的房间成了我们的"避难所"。对小林女士和杉原女士来说，和记者的谈话，或许也帮助她们消磨掉了时间。每次去住宅区，我们必定会去她们当中哪个人的房间里，大家一边喝着热气腾腾的日本茶一边谈天说地。

荏苒之间，与住宅区相连的商店街的花店里，装点上了红色、粉红的报春花。我想起了小林女士肃杀的房间，又想起了有会说话人偶的杉原女士的房间，于是，这次去时，买了两束最鲜艳的报春花作礼物。

在与她们二人的畅谈中，又有新的情况浮出了水面。那就是独居老人遭受上门兜售者高价骗售的问题。据她们说，小林女士买了价格高达四十万日元的净水器，杉原女士也买了五十万日元的被子。对于不请自来的兜售者，她们开始时还心存戒备，只在玄关应付几句。然而听了"请让我看看您现在使用的东西"之类的花言巧语，让他们进屋来后，不知不觉就稀里糊涂地签了购物合同。兜售者的高明之处，在于他们深谙独居老人的心理。他们不惜一个小时、两个小时地与老人交谈，甚至聊些与商品无关的事情，以致老人逐渐感到"这个人说的话，还是可以相信的"。

在问讯调查中，也有人诉说自己像她们一样买进了高价商品。其中有人买了三十五万日元的美容器，反倒把皮肤烧伤了。她要求退货，却被告知"给你换成别的同价商品"。商家没把钱退给她，却送来了一个弹簧床垫。这位婆婆平时一直在榻榻米上盖被子睡觉，那弹簧床垫无处可用，只能原封不动地竖在本来就不宽敞的走廊里。

这位婆婆说："来上门兜售的是个年轻女孩，聊着聊着我就对她有好感了。都是我自己不好。"

买了净水器的小林女士也因为顾虑这件事会被女儿骂，所以至今对女儿保密，一直在用自己微薄的养老金还贷款。她有了这种经历，恐怕就更不敢与别人有所接触了吧。我不由得想起了调查中走访住宅区居民时吃到的闭门羹，有些人门都不开，嘴里反复地说着："用不着！"

这些老人们不想给任何人添麻烦，他们忍耐着孤寂，独自生活着。难道还要从他们那里再夺走什么吗？

对孤独死的不安

对于孤独死的不安，也是我不得不谈及的问题。上田建治君（化名·六十八岁）已经拜托了住在同一住宅区另一栋房子里的熟人，请他每星期给自己打三次电话。上田君二十年前离了婚，没有可依靠的亲属。他五十五岁时因脑梗塞病倒过，心脏也不好。他这样做是为了让别人确认自己是否平安无事。

这样做的起因是附近的屋子里发生了孤独死的事件。据悉，死者是个五十多岁的男人，一直在独自生活。住宅区自治会去他家收费时见他老不出来，于是绕到屋子后面去向里边一看，才发现他已倒在地上了。如果自治会的人没去收费的话，可能一直不会有人发现他的死去……

上田君指着发生孤独死的屋子告诉了我这件事，但他说他不是自己亲眼看到的，而是听街坊邻居说的。尽管这传闻连那人具体的死亡日期都说不清楚，但上田君却从这件事联想到自己，深深担心自己说不定也会和他同样下场。

在问讯调查中，也有不少人表达类似担心。只要附近有孤独死亡发生过，哪怕是五年以前发生的，也会使这些人提心吊胆，不敢掉以轻心。他们为此想出五花八门的对策。有位婆婆另配了一把门钥匙，把它放在邻居那里；有位老先生安装了一种红外线系统，就是在屋子里装了传感器，如果传感器超过一定时间没有动作，保安公司就会有人赶到他家来；还有人在手机里加进了记步器功能，他每天行走的步数会传到在别处生活的女儿那里去。

上田君说："我想在这间屋子里尽量生活得长一点儿，不想到福利院或医院去等死。可是，在这里孤零零地死去，或是死后那么多日子都无法被人发觉，也太让人感到凄凉了。"

深夜醒来的时候，得了感冒卧病在床的时候，心里就会忽然涌上来一种孤独感，一种对犯罪和死亡的不安。

尽管如此，老人们还是继续独自生活。从他们的这种举动里，可以看到那种"不能给别人添麻烦"的无可奈何的对亲人的善意，可以看到他们对抗孤独、不安的最大努力。

单身时代

在开始报道"无缘社会"的时候，我们决定把独自生活者渐成大势的现象称之为"单身化"，以描述社会的大波动。社会已经从大家庭中发展出核心家庭、进而正在迎来单身化的时代。

　　一般认为，今后，单身化将在所有年龄层中有所扩大。据国家研究机关的推算，二十年后的2030年，"单身家庭"将占普通家庭总数的近40%（这里的"单身家庭"不包括住在福利院中的人和长期住院的人）。

　　从数量上看，尽管日本的家庭总数会减少，但预计"单身家庭"会继续增加。老年人的单身化特别显著，仅仅在2005年至2030年的二十五年间，就会增加将近一倍。

　　这种变化的背景，一般认为包括了不婚、离婚的增加以及少子高龄化的蔓延。就老年人的单身化而言，使共同生活难以为继的经济问题、居住环境问题以及那种"不愿共同生活"思潮的存在，都发挥着不可小觑的影响。这些迹象在住宅区的问讯调查中都有所反映。

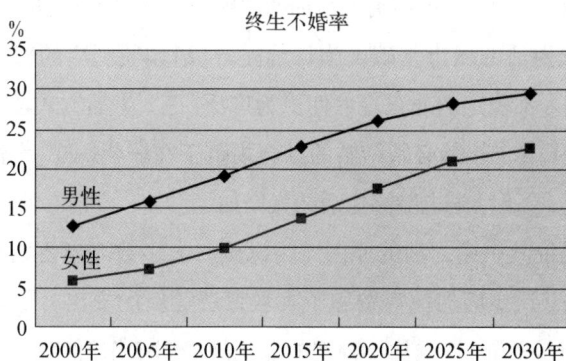

终生不婚率

（国立社会保障与人口问题研究所《日本户籍数量预测》）

　　让我们进一步将视线转向年轻的群体。作为加速单身化的新动力而受到关注的，是不婚的增加。我们把到五十岁时仍未结过一次婚的人的比率称为"终生不婚率"，一般认为这个比率今后会呈增长趋势。男子的终生不婚率2005年时为16%，预计2030年将上升到大约30%，亦即三个男子中就有一个（参见上图）。女子2030年的23%的该比率虽然略低于男子，然而与2005年相比，则相当于增加了两倍以上。婚龄延后的晚婚问题，已被提出很久了，而今后的社会中，终生不结婚的现象将会变得司空见惯。

"终生不婚"急剧攀升的背景

我们就终生不婚率急剧攀升的背景问题，对专家进行了采访。藤森克彦是瑞穗信息综合研究所的首席研究员，他很早就关注单身化的进展，一直在强调建立适应单身化的社会体系的必要性。

藤森君认为，不结婚者增加的原因，可举出以下几项：一、便于独立生活的城市基础设施日趋完备（诸如便利店的普及等）；二、收入不稳定的非正规雇佣更为广泛；三、生活方式发生了变化，到了某个年龄必须结婚的社会规范正在弱化；四、女性经济实力上升，不结婚也能够生活的人增加了。

他说其中第二项的原因尤为深刻。大多数人当要结婚成家时，会想到要增加住宅费和子女教育费等新的支出。如果此人从事的是工资、待遇均不稳定的非正规雇佣工作，他势必会心中不安，担心将来这些费用无法筹措，从而想结婚也结不了婚。

请再看一次刚才介绍的终生不婚率的坐标图。2030年五十岁的人，就是现在三十岁的人。只要现在的年轻群体面对的问题不解决，一直不成家的人势必只会增加，不会减少。

那么，终生不婚的增加会带来何种影响呢？藤森君指出，它或许会使社会性的孤立更为广泛。虽然身体健康又有工作时风险不大，然而却存在着失业或生病时转眼间陷入贫困的危险。还有，当无法自理时，谁来支撑无妻无子的不婚者？这个问题也很严重。藤森君指出，这与以往日本的社会体系有很深的关系，因为这种社会体系中的定位是：家庭第一，企业第二，最后才是公共保障。

"首先，有家庭中互相帮助的'家庭安全网'，然后，有所谓企业保证雇佣、支付稳定工资的'企业安全网'，更进一步还有社会保险的'公共安全网'。然而，由于独立生活者的增多，家庭安全网弱化了，而非正规雇佣的增加也在削弱企业安全网。现在人们在问：在这种形势下，要想安心地生活下去的话，该怎么办才好？"

藤森君对于中老年男性的孤立尤为担忧，因为似乎他们当中，失去地域关联的人比女性更多。而且这些四五十岁的未婚男子既不是年轻人也不算老年人，难以成为通过雇佣政策和关怀活动来防止孤立的对象。他们是滑落到各种公共支援的夹缝里的群体。

我们在都营高砂住宅区进行的问讯调查中，孤立的未婚男子的端倪也浮现出来了。

"我不配在电视里抛头露面"

水野由纪夫（化名·五十六岁）从第一次见面起就非常客气地接待我们，只是总把我们挡在玄关外面的走廊上。他的理由是："让女子到一个男人独自生活的房间里去会惹麻烦的。"出于记者的习惯，我一边跟他谈话，一边还是不由自主地把他屋子里面的情况看了个仔细。从玄关望进去，水野君的屋里没有一个角落不收拾得井井有条，木地板也干净得光可鉴人。

水野君是四十三年前搬到高砂住宅区来的，当时还是个中学生。跟父母、姐姐、哥哥、妹妹一起，一家六口在两间六张榻榻米的房间里过得热热闹闹。后来姐姐哥哥都结婚搬出了小区，父母也相继过世了。只有水野君自己留在了这套房子里。

水野君没有结婚，当初他是这么解释的：

"我对独身生活没感到什么不自在，再说我不擅长跟女人交往。"

但他又说，失业以后，一下子觉得不安起来了。

终生未婚的四五十岁的男子的数量今后会有成倍增长的可能，他们失业或生病的时候，有因此而转眼间陷入贫困的危险。我们想在节目里反映这一问题，就向水野君提出用电视摄像机对他进行采访。但是，他的回答是明确的"No"，理由是所谓"我不配在电视里抛头露面、说长道短"。

后来又拜访了水野君几次，问他能不能录像，他还是不改口。但光是在走廊里站着说话，采访是无法深入的，更无法进一步对他进行了解。"水野君，你肯定有别人没有的独特经历，再让我最后采访你一次吧。"说服他答应我的请求后，我带着一个男节目主持人又去访问了他。

第一次进入水野君的房间，就如我想象的那样，里面收拾得整整齐齐，根本想象不出这是一个男人在独立生活。冬天的阳光并不强烈，暖洋洋地从朝南的阳台洒进屋里。我们一一解释

采访的目的,再次请求他合作。水野君像梳理自己思路似的,慢慢地回答道:

"我非常清楚,自己这个年龄就失业在家,又没有亲人,是没地方可以依靠的。如果我接受采访可以多少让这个社会有点儿变化,能够促使什么新政策出台的话,那我愿意跟你们合作。"

他掷回来的这个重球,让人接得手都麻了。

甚至没像一般人那样结过婚

年底年头我们都把摄像机放在住宅区里,对水野君的摄像也开始了。拍完他吃饭与平时的生活情景,我们开始进行第一次对话录制。在问他为什么没有结婚时,他的回答大出我们意料:

"三十多岁的时候,我的想法曾像别人一样,想恋爱,也想结婚。可是,我经常换工作,收入也不稳定,再加上正好碰上泡沫经济崩溃的当口,工资减掉了很多。我觉得如果结婚生孩子的话,就得让孩子做他喜欢做的事。可这样一来,大到教育费,小到圣诞节礼物,什么都得花钱。既然结婚,就要保住自己的家庭,但是不可能保得住啊。"

以前水野君一直说他选来选去最终选择了独自生活,现在终于向我们挑明,是当时的社会状况使他想结婚而结不了。

他说自己直到前年都在当出租车司机,因为精神紧张不能开车而辞职后,又去当劳务派遣员工。我们第一次见到水野君的时候,他刚因为经济不景气而失去了劳务派遣的工作。而对于独自生活的水野君来说,公司就是他与社会唯一的关联。

"离职的时候,他们对我说,有事你就打电话来。结果我又没有什么非得给他们打电话的要紧事，这样就连找人说话的机会都没有了。现在，我感到自己是孤零零地待在社会这个圈子的外头。"

第二天，我们跟着水野君出去买东西。腊月的街头，到处有圣诞老人打扮的售货员在吆喝着，卖注连绳^①的面包车早就在商店门口吸引了大批顾客。水野君快步穿过或携老带小、或成双成对的购物客，直奔"百元店"。食品材料和日用杂货在这里都只卖一百日元，水野君说他为了控制生活费，总是在这里购物。这天，他一次买了足够一个星期吃的蔬菜、冷冻食品和意大利面条，而庆圣诞、过新年的食品一样也没买。

买完东西回家的路上，一走进住宅区，水野君就在一个房子前停住了脚步。他说那个房子里曾经发生过孤独死事件，一个独居老翁死后过了一星期才被发现。一楼的那个房间看来如今已空空如也，透过没挂窗帘的窗户，里面看得很清楚，斜阳正照在屋里满是灰尘的榻榻米上。水野君站在屋前开口说道：

"按我现在丢了工作独自生活的状态，孤独死已经挨近我身边了。哪天一旦不行了，在屋子里就算想求助，身边也没有一个人，只能叫救护车。叫不来救护车就只有等死，而我就算鼓足勇气与这种恐惧作斗争，大概还是会在人家发现之前就咽气的。那时候我没准会后悔自己没有结婚，想想真是伤心啊。"

水野君曾经因为胃痉挛发作叫过救护车。自那时候起，他就开始感到孤独死突然出现在了自己身边。于是，他又做了一个决定，就是开始整天不上门锁，睡觉时也不例外，只把门链挂

---

① 注连绳：挂在门口辟邪的稻草绳，亦可用于装饰。——译者

上。因为他心想，这样一来，即使自己万一倒下，从屋子里打不开门锁，大概还是有人能用工具弄断门链，把自己救出去的。从治安的角度来说，也许这是一种危险的方法。然而独自生活的水野君的不安之甚，超出了我们的想象。

急于重新工作的真正原因

最近，水野君为了重新工作，每天都去跑Hello-Work①。然而，发端于雷曼冲击的大萧条正肆虐全球，再加上年龄太大这道屏障，使他根本找不到工作。于是他又去参加职业训练学校的入学考试，想要取得新的资格证，可那里已经挤满了因为解除劳务派遣合同而失业的二三十岁的年轻人。水野君虽然已经连续两次在资格考试中功败垂成，却还是毫不气馁，每天晚上都在读参考书。

水野君之所以现在还在急于重新工作，并不仅仅是为了收入。也说不清是第几次采访了，一天晚上，水野君说了一番话，告诉了我们什么是"无缘社会"。

"与别人失去关联，就像是一种活着的孤独死。没有一个人关心你，你也发挥不了任何作用，这样的话，不管活着还是死了，不都是一样的吗？这与自己这个人已经消失了不是没什么不同吗？所以我觉得，确认与别人有没有关联，就是在确认自己是否存在。"

元旦那天，我们去看水野君。屋子里响着电视里新年节目

①　Hello-Work：公共职业安定所的爱称，为失业人员介绍工作及提供各种帮助。——译者

的声音，节日盛装的艺人们正在猜谜。水野君既没有外出的计划也没有要见的人，仍然穿着平日的冬装在翻杂志。

晌午过后，他去开信箱看看有没有贺年卡，但邮箱里只有一张广告传单。水野君朝我们苦笑着嘟哝了一句："没办法呀。"

不婚率15.2%

在高砂住宅区进行的问讯调查显示，水野君那样的不婚者占15.2%，其中有几个四五十岁的男子。他们之所以不结婚，无一不是与失业和工作不稳定有关。

一个四十八岁的男子三年前死了母亲后开始独自生活，两年后又因为脑梗塞病倒，不得不辞去干了二十年的长途卡车司机的工作。他父亲早已亡故，弟弟也已结婚成家，联系时有时断。他自己也曾交过女朋友，但干着长途卡车司机的工作，能在东京的时间很短，跟女友老是碰不到一块儿。

现在，他边靠银行存款度日，边搜寻工作机会。当初去找他调查时，他说自己刚参加完一份送奶工的面试，几天后再去访问他时，他耷拉着肩膀说："没戏了。"

"一直这样找不到工作，不是得接受生活救济了吗？"

他每天在屋子里看看电视，玩玩游戏，实在没事可做，还会稀里糊涂地从太阳当头的时候就喝起酒来。只见那矮矮的饭桌上，并排放着兑了水的烧酒和招聘信息杂志。

由于生活太不稳定，还有一个男人在问讯调查时简单地和我们说过几句话后，就再也见不着他了。这个男人五十一岁，共同生活的叔叔五年前死了以后，他就开始自己过日子了。他原来一边护理叔叔一边工作，因为经常请假受到责难，不得不从公司辞了职。他说当时自己的女朋友也在护理父母，两个人都疲于照顾老人，日子过得实在太累，因此就分手了。他现在靠夜班工作维持生活。他对我们说道："为了不给周围的人添麻烦，自己的葬礼钱总得攒够吧。"

看了他的问讯调查记录，我们又去找了他不知多少次，想跟他详细谈谈。可是无论什么时候去，他屋子里都没有应答。既然他干的是夜班，白天总该在家吧？要不打完盹以后，傍晚总该出来吧？改天我们错开时间又去按了好几次门铃，房门还是没有打开。我们心里忽然紧张起来，说不定他是身子垮了病倒了？我们绕到房子后面想朝里张望，可他的窗子永远都被窗帘遮得严严的。好在我们发现有一副昨天没看到过的工作手套吊在晾衣杆上，说明这个男子还没有消失掉。

独自生活的未婚男子失去稳定的工作时，心中的不安与孤独感会迅速膨胀，从而面临生活的危机。然而说到底，这是他们自己的责任吗？

观众来信

2010年4月，为了转交观众的来信，我们到水野由纪夫的房间去找他。从播放完节目我们来致谢以后，已经过去两个月了。

这封信来自与水野君年龄相仿的一个男子，里面写着看完节目后自己也有同感，还说想跟水野君互相联系做个朋友。水野君把信看了一遍，说道："客气地拒绝他吧。"

水野君又当起了出租车司机。他以前就是由于神经紧张得一招呼客人上车身体就会颤抖，所以才辞职的。他说自己没有别的选择，因为后来在职业训练学校没考及格，到Hello-Work去了好多次也没找到工作。最终失业保险过了期，存款也见了底。尽管再开出租车会把身体和精神搞垮，可是不干活的话，今后就没法填饱肚子。当初摄像时他说的"打死也不想干"的出租车工作，现在不得已又去干了。

久未见面，我感到水野君传递过来一股神经紧绷的气息。他对观众来信的反应也在预料之中，因为他活得已经够累的了。这也是他面对的现实使然吧。只是我心中还有件感到很难受的事情，那就是开始摄像时水野君掷过来的那个"沉重的球"，我们一直无法像样地掷还给他。

真想让这个社会有点变化。真想能促使什么新政策出台……

只谈了短短五分钟我们便离开了他的屋子，感觉像不好意思再待下去似的。我一边回味着水野君的话，一边在早已走惯的住宅区道路上向前走去。

该做的事情还有许多许多。

[专栏]
靠 儿 老 人

人们议论乡村的衰退,已经很久了。

那些被称为"边际村落"、不久的将来可能会消失的地域,全国已经超过了二千二百个。现在,离开家乡的已不仅仅是年轻人,连老年人也离开住惯了的故乡,移居到城市里的孩子身边去了。如今在城市里,这种人们口中的"靠儿老人"正在增加。为什么老年人会离开住惯了的故乡?他们在城市里又是如何生活的呢?

骨灰被挖走的坟墓

我们首先去采访的,是九州最南端的镇——鹿儿岛县南大隅镇。从鹿儿岛机场到那里开车大约三小时。这里曾经因为大批来蜜月旅行的靓男倩女而热闹非凡,但如今来观光的人已经很少见了。随着高龄化的进展,这里每五个居民中就有一个是独居的老年人,其比率是全国最高的地区之一。这几年,镇上接二连三有老年人离乡而去。

听我们说要找老年人谈话,镇公所的职员把我们领到了一个村落的公共墓地。在他们这里，墓地已经成了老年人交往的沙龙。一走进墓地，就见到供奉着五彩缤纷的鲜花的坟墓之间，有一块墓碑横倒在地上。仔细一看，坟中的骨灰已被挖走，成了一座无主的空坟。这是什么人的坟墓啊？我们问了问到墓地来的一位老人。他告诉我们，有个独自生活的老年妇女，她在将要搬到城市里的孩子身边去时，把丈夫和上一代人的骨灰都带走了。我们放眼望去，只见到处都有这样的无主坟，让墓地看上去就像是掉了不少木齿的梳子。她说镇上这样的坟墓越来越多。

在这块墓地里，一位老人对我们进行了讲述。她曾经自己带着骨灰，到城市里孩子的地方去住过。十年前，她死了丈夫，开始独自生活。三个孩子都住在东京、大阪。她由于上了年纪腿脚不方便，五年前暂时住到了大阪的女儿家里，周末还去接受日间护疗。每天生活在家人中间，没有任何不如意的地方。

但是，日复一日，这位女士想回老家的念头却越来越强烈，她在大阪有什么？当时，女儿整天在外工作，留下她独守家中。这位老年妇女说，自己几乎从不外出，对她说话的只有电视机。由于鹿儿岛与大阪方言不同，去做日间护疗时她也听不懂别人的话，一个人只感到孤独。她过不惯城市的生活，渐渐地，她常把自己关在屋子里，连跟家人也不说话了。

她给我们看了当时写的日记。

"寂寞。真对不起女儿。我想早点儿回去了。"

"洗衣服、收拾屋子，女儿都干完了。真对不起她。孤零零的。我想回去。"

三年多的日记里，几乎每天都写着："对不起女儿"、"我想回故乡去"。两年前，这位女士带着骨灰又回到故乡来了，当时她已经陷入了抑郁状态。

回到故乡以后，她在家庭助手的护理下独自生活。每天拄着拐棍，拖着不方便的腿脚到墓地里去。她说，能跟朋友无拘无束地谈话，是最幸福的了。

现在她最担心的是身体继续衰弱下去，因为镇里没有大医院，福利院也得等轮到自己时才能进去。公交车是唯一的交通工具，而且班次极少。看来自己就是想终老在故乡，也是很困难的。

"我想死在这里！"采访时她反复说的这句话刺痛着我的心。据这个镇的调查，最近五年里至少有一百多个老人离开故乡，如果把没有转户口的也包括在内的话，这个数字更大。连迎接自己生命终点的地方都不能按自己的意愿选择，这个事实就摆在那里，不容逃避。

移居城市的老年人

离开故乡、移居城市的老年人是如何生活的？我们接下来采访的地点是横滨市。这里每年有一万多名老年人迁进来，是全国老年人迁入人口最多的地区之一。我们访问了横滨市青叶区的一个地区综合支援中心，因为青叶区在横滨市也是老年人迁入特别多的地区。这里开设了咨询窗口，受理有关老年人的各种疑难问题咨询，三年多以前，有关"靠儿老人"的咨询开始呈明显增加趋势。"我寂寞得想回去了"、"我母亲整天闷在家里，变得抑郁了"，不管是本人的还是家属的，集中到这里来的问题都很严重。仅在2009年一年里，这种咨询就多达四十余件，到这里来的老人出身地各异,遍及从北海道到福冈的全国各地。

从咨询内容里,暴露出这些老人不习惯城市生活以及在生活中感到孤独的问题。而且他们大部分人会独自闷在家里,有病的则出现病情恶化的势态。感到孤立的不单是这些做父母的,把老人接来身边的子女们也孤立无援,无处倾诉自己的烦恼。

在什么地方住了多少这种靠儿老人?无论是行政当局还是地区综合支援中心,都无法掌握实际数字,这使问题变得更难解决了。在这个综合支援中心承担的地区里,有个近一千五百居民生活的公营住宅区。作为这几年常有的状况之一,中心的工作人员接到居民电话赶去一看,往往发现有的老年痴呆症患者独自生活在满是垃圾的房子里,有的出现了营养失调的症状。经过对这些老人原籍和家庭结构的调查,发现他们几乎都是被从外地接来后独自生活的老人。

这些人来中心咨询的极少,如果不出问题的话,几乎很难知道这些靠儿老人住在什么地方。综合支援中心也想记录这些靠儿老人的情况,但由于对个人信息使用的控制变得比以前严格了,即使行政当局也无法掌握他们的具体情况。

实际上,"靠儿老人"这一称呼出现在大约二十年前,那时经济繁荣的泡沫已临近崩溃。据说当时东京都町田市实施了一项情况调查,这次调查第一次披露了靠儿老人在城市里处于孤立状态的实际情况。在外界看来,这些从外地移居来的老人与家人一起生活得很幸福,但实际上他们却在城市里越来越孤立,身体情况越来越糟。这个轰动性的事实当时在电视和报纸上相继被进行专题报道,后来不知什么时候就使用起"靠儿老人"这个称呼来了。

那以后过了二十年。东京人口中老人的所占比率也已经超过了20%。如今靠儿老人在城市里已经变得司空见惯，但对他们问题的关注却变得少了，就连"靠儿老人"这个称呼都几乎不再使用了。

受制于财政困难和个人信息使用趋严，行政机构并未对他们的实际情况进行调查，然而问题却在确确实实地悄然蔓延，并变得严重起来。然而我们对此已经变得习以为常了。

我们感到，正是这种习以为常，才是使这个问题变得棘手的最大原因。据国家研究机关、国立社会保障与人口问题研究所的推算，二十年后，每三个老人中就会有一个集中到首都圈里来。对我们每个人来说，这也将成为一个普遍需要面对的问题。

为了使住在城市里的靠儿老人不再孤立，社会该如何进行支援？如何才能不让老人们违反自己的意志移居到城市里来？现在已经到了要全社会一起来思考这些问题的时候了。

那须隆博（NHK鹿儿岛电视台记者）

第四章　职场缘断绝之后

——依赖代亲属的人们

小宫智可

（NHK《明天的日本》报道项目记者）

在采访中，我们发现了无缘死在未来蔓延的征兆。

现在，没有亲属可依靠的人挤满了非营利组织的窗口。最近几年，这种代替亲属办理死者善后手续的非营利组织相继成立。

作为"代亲属"的非营利组织

我们在名古屋的一个非营利组织采访时，光是上午，就有四个老年人来进行咨询。

"因为也可能是除了我之外的其他人赶到（病倒后送去的医院等）现场去，所以请让我给您拍张照片。"

在进行签署合同的面谈时，非营利组织的职员首先会给来签合同的人拍照片。

"亲属远在外地生活，或是尽管住在附近，却由于各自家里的具体困难，无法前来照顾。这样的家庭越来越多。现在的情况，光依靠行政当局和护理保险制度已经无法应对了。我们就是代替亲属来与行政、医院、护理和福利院打交道的，对亲属也会随时进行报告,所以请尽管放心。"

非营利组织的职员对来签署合同的人仔细地说明着。这个组织除了作为第三方进行身份担保之外,当合同人突然受伤或生病时,还会代替其亲属办理医院的住院手续。另外,也可以生前签署合同,交纳入会费,委托他们在自己过世后整理衣物,安排丧礼,直至安放骨灰。至于最麻烦的金钱管理,则由律师通盘负责。每当签署合同时,也有律师到场监督。

这个非营利组织向一般家庭收取一百七十五万日元预付金,向接受生活救济的家庭则只收取二十四万日元预付金,再将这些预付金委托律师进行管理,然后对合同签署者进行身份担保。这笔钱将用于丧礼和生前的小服务项目。合同签署者死亡后,其剩余的预付金和遗产由法定继承人继承。

另一方面,如果是接受生活救济的家庭,即使没有钱,经由行政当局的委托,这个非营利组织也可为其进行身份担保。这种情况也很多。他们说,这部分人的丧礼费用和拖欠的公寓房租,则使用来自捐款的非营利组织的基金进行支付。对于进行身份担保的接受生活救济者,非营利组织还为他们寻找住房。

"这些是会员的信息资料。会员越来越多,已经应付不过来了。"

在这个组织的名古屋总部里,以往的会员信息资料整理得整整齐齐,排成一排。除了会员姓名外,会员以往的人生变故、养老金金额,甚至亲戚关系等等,也详细地记录在案。这一份份信息资料里,记载着一个个人的人生。这家非营利组织已成立八年,会员每年持续增长,目前已有近四千人。

现在,即使是生活上比较宽裕的人,由于对独自生活心存顾虑，也有到这家非营利组织里来签署合同的。其中有退休的教师、大型汽车公司的员工、公务员等。他们有些人尽管在职时有收入，上年纪后又在领取较多的养老金，但他们经历了离婚或亲人死亡，现在也已孑然一身。另一些虽然有能依靠的亲属，但他们不愿给亲属添麻烦。于是，这些人就来求助非营利组织了。

"来签署合同的中年人也在增多呢。"

他们说，最近也有五十多岁、还没有退休的人决定签署合同的。

其中的一个，是NHK特别节目"无缘社会"中介绍过的男子。他就是五十八岁时与非营利组织签署合同的高野藤常。高野君现年六十三岁，从离开公司退休的那一天起，他就失去了与社会的接触点。

随着裁员和非正规雇佣的增加，再加上出生于婴儿潮的那代人的大量退休，产生了这些与公司失去关联的人。当一个人失去与公司的关联后，会发生什么呢？

退休让人变得孤零零的

从东京都小平市的火车站步行十来分钟，可以看到一幢外观与普通公寓无异的房子，那是一个可以进行医疗护理的老人之家。已与非营利组织签署了合同的高野君现在就生活在这个老人之家里，因为他不想一个人孤独地死去。这里住着四十来个人，年龄从刚退休的六十多岁到九十多岁。他们都有带厨房和浴室的十张榻榻米大的单间，按照各自的所好生活着。

我们与高野君约定在一楼门厅会面。他是第一次见到我们，热情迎接的同时有点不好意思地笑着说："最近身体不太好。"高野君今年六十三岁,是这个福利院中年龄最小的。他五十多岁时离了婚,从工作了四十二年的大型城市银行退休后,立刻就到这里来了。

乘电梯上去的二楼208号室是他的房间,就在二楼走廊正中,是个男子单人房。

"我稍微收拾了一下,可还是不干净,对不起。"

高野君在十张榻榻米大的房间角落里给我们放好棉坐垫,请我们坐下来。

屋子里首先映入我们眼中的,是他父亲和母亲的照片。还有写满字的彩色纸,他说是退休时同事们送给他的。

"祝高野君永远健康!"

"看不到高野君,我会想你的!"

从彩色纸上密密麻麻的同事寄语里,感觉得到高野君在职时坦率直爽的为人。

"这可是我的宝贝啊。"

高野君羞涩地说道。

"现在我尽量多出门。因为一个人待在屋里会情绪低落,所以近来那些与我老家小樽有关的活动,我必定去露露脸。说起来,还是老家好啊。"

高野君说起话来唠叨个不停,可是话题一转到亲属上,他的表情就立刻变了,只是吞吞吐吐字斟句酌地说道:

"婚也离了,跟孩子也没什么话可说,既然一个人生活,就得尽量注意不让自己变得忧郁。"

他过的是没有亲属可依靠的生活。

工作即是与社会的"关联"

高野君出生于北海道的小樽，从当地高中毕业后，便进入大型城市银行工作。进入银行时的照片里，他穿西装戴领带，披着双排扣的风衣，精悍的脸上充满了朝气。在员工旅游的集体照上，他笑容满面地坐在一大群人的正当中。他说在六十岁退休前的四十二年里，自己的人际关系几乎都是工作中积累起来的。

"银行职员时期的东西，大部分都扔掉了。"

说着，他拿出各种收集的资料给我们看。最先递给我们的，是一大捆名片。

"因为如果不扔掉，就好像沉浸在银行职员时期走不出来似的。我不愿意那样，所以基本上都扔掉了，这样的名片，只还剩下两捆没扔吧。"

这捆来往过的客户名片有几百张。高野君从北海道的小樽起步，直至退休都一直在各个客户之间奔波。

在公私两方面，高野君原来发展得都比较顺利。二十五岁时，经叔叔介绍，他与来自北海道礼文岛的一个女子相亲后结婚。他说当时公司也对他寄予厚望，他真感到自己的人生注定是会一帆风顺的。

"以前曾经出过一本介绍我们公司的书，当我得知自己也登在书里时，是很高兴的。"

高野君从书橱里拿出一本至今仍像宝贝似的保存着的书，递给我们看。

这本书叫《三菱百年》，他说这是为纪念这家拥有银行和各种大型企业的财阀集团创立百年而编写的，自己的照片也登载在上面。

"我一直在想,死了以后,希望这本书和我一起火葬。"

翻开书来,高野君登在其中的一页上。那是一张年轻的高野君坐在大计算机前操作的照片,旁边没有高野君的名字,只印着这家银行引进的最先进的计算机的说明,然而高野君还是很高兴地说:

"这个是我。这家伙叫UNIVAC①,就是把阿波罗号送上天的那种计算机。照片登上去的时候真高兴啊,因为是三菱的百年庆典嘛。我觉得自己就是三菱啦!"

高野的话说个没完。他说就是现在,当自己情绪低落的时候,或是想要开始什么计划的时候,都会把这张照片放在眼前看看。或许是多次翻看的缘故吧,装书的封套上有了几个磨破的地方,还贴着透明胶带。

高野君来到东京后一直在销售的圈子里工作。跟妻子生了一男一女。三十三岁时,在东京的小平市也有了梦寐以求的别墅。他说那地方从现在的老人之家走二十来分钟就到,可是现在也已经卖掉了。

"说来说去,还是离不开住惯了的地方啊。回想起来,那时候是最幸福的了。"

高野君像是在回味往昔似的说道。

工作也很顺利,他被分在东京都内支行中规模居前的新宿支行。因为干的是销售工作,他一直在为了吸纳存款而到处奔忙。谈起自己的职业生涯,高野君总是提到自己新宿时期的经历。

---

① UNIVAC:通用自动计算机。为第二代计算机的代表。——译者

当时是泡沫经济的前夜,景气值一路飙升,经费用起来也大手大脚。他每天都跟个人客户和大阔佬到处吃喝。那些人想建大楼,想造停车场,高野君说他们只要有能担保的房地产,不管多少钱银行都会借给他们。

"我自己好像成了新宿地方上的头面人物,人也轻飘飘起来。什么回家呀,早忘得一干二净了。"

家庭崩溃、抑郁症发作

但高野君太把工作当回事了,越来越不顾及家庭生活。从小平到新宿的上班路程就要花一个多小时,凌晨两三点钟回家的情况根本不稀奇。孩子的教育全都扔给了妻子,妻子有什么事想找他商量,他都没时间回答。

"真的是连喘口气的工夫都没有,饭也顾不上吃,每天的睡眠时间也只有两三个钟头。"

大概是在儿子刚上小学、女儿刚进幼儿园的前后,妻子离家出走了。

"我想在亲戚家里住一段,静下心来好好想一想。"

高野君听了妻子的这些话后,没有挽留就把她送走了。

"我原来以为她就是出去几天的……"

他说家人不在身边后,自己更是一头扎进了工作里。

"既然回到家里也没有人,我就干得更起劲了。工作结束得早时也到附近的酒馆去,回到家后也是喝瓶啤酒再睡觉,然后一大早再去上班。过的就是这样的日子。"

具有讽刺意味的是,在妻子离家出走以后,高野君的销售成绩更加扶摇直上了。

如此生活的高野君，到了四十多岁的时候，身体出现了异常。工作时思想无法集中，待在银行里也会常感到郁闷。来往密切的老客户也一点一点流失了。即使回到家里，也没有人能注意到他身体和精神的变化。他每天都在兢兢业业地埋头苦干，以完成银行交给他的工作指标。

就在高野君对这样的生活感到困惑的时候，有一天，他忽然倒了下来，被直接送进了医院。医生诊断说他是过度疲劳，并患有轻度抑郁症。

"总之，那时候根本没人关心我，我自己也没留意，倒下来之前一直在工作。"

那时，他与妻子的联系已处于几乎断绝的状态，分居以后，亲戚们也与他疏远起来，他没有可依靠的人。高野君既无颜回老家小樽去见给他和妻子做媒的叔叔，又失去了家庭，在精神上被逼进了死胡同。

他住了很长时间医院，过了三个多月才回去工作，但未被允许回到曾搞垮他身体的任务繁重的销售岗位。

"结果呢，要是让我说的话，我是被硬塞到了个闲职上，无可奈何啊……"

高野君说，以前工作就是他生存的价值所在，而他失去了让他激情澎湃的岗位，被调到子公司，每天就是去收收款，程序化的工作也多了。

"咳，就是沮丧也没用啊，只好平心静气地工作了。"

小平市的家里一个家人也不在，高野君从这里每天到子公司去上班，干了将近十年。

就这样,高野君迈进五十岁,终于等来了重返总公司的机会。他被调到大阪,再次回到了销售的岗位上。在大阪工作几年以后,又被调回东京,离别时候,大阪的同事们把写满字的彩色纸和一张新干线的回数券①交给他说:"你随时都可以回大阪来!"那张彩色纸就挂在高野君的屋子里。当他从墙上取下镜框,把彩色纸从里面取出来时,我们看到,镜框里还原封不动地留着大阪的同事交给他的未使用的回数券。

"曾经想过要使用它,但又觉得有点儿舍不得,所以一直收藏到现在。"

回到东京以后,也是由于忙的缘故,高野君几乎没时间到大阪去玩。偶尔去一次,也是自己花钱乘新干线,那张回数券一直没有使用。

"我觉得这张回数券里,有把它给我的那个人的一片心。"

高野君喜滋滋地说道。

可是,回到东京以后,高野君的身体又吃不消了。这次除了轻度的抑郁症,还得了糖尿病。他必须严格控制一日三餐的饮食,已经没有力气再回到销售第一线上去了。他再次被调回到子公司,在那里走完了剩下的白领生涯。

高野君手头剩下的,是自己没用完的名片和客户给他的名片。那捆客户名片足有几百张。

"现在想来,我当时那样拼命工作,好像挺滑稽的。总算又变回到我自己啦,就像现在这样……"

---

① 回数券:数张连缀在一起出售的车票。通常花十张的钱可买十一张。——译者

打来的电话只有劝诱和推销的

从拼死奉献的银行生活得到了什么？高野君自己回答道：现在的生活。这是没有家庭和朋友，但经济上没有问题的生活。

"现在打来的电话，净是些劝我信教或捐款的电话。"

高野君告诉我们，退休后家里的电话铃经常会响起。但绝大多数是劝诱和推销的电话。

"您退休以后，打不打算捐献剩下的钱？"

"您想不想进行收益高的投资？"

"您愿不愿来聚会，求得心灵的安宁？"

当这种电话增多的时候，他领悟到周围像自己这样的人还有很多。高野君现在对这类电话一概拒绝，有时间的时候，就到一个自己找到的寺庙去。

"听了德行深厚的和尚讲道，心里就安宁了。"

他说自己每月一次，会坐三个多小时的火车到那座庙里去。

现在住的老人之家供应三餐伙食，医疗服务也很完备。靠着从银行领的养老金，没死之前的生活还是有保障的。

"一直在银行工作，要说兢兢业业干到退休的好处，也就是这一点吧。"

高野君的表情似乎有些伤感。

珍贵的钥匙扣

在外出旅游时拍的照片上，高野君和戴棒球帽的儿子、戴麦秸草帽的女儿并排坐在长椅上。可是离婚后的现在,儿子和女儿都被妻子带走了。

"这是我的宝贝。如果没有特殊情况,我到哪儿都带着它。这是儿子给我的,上边写着我的名字。"

高野君小心翼翼从裤袋里取出来的,是儿子给他的钥匙扣。他说那是儿子在小学的毕业旅行时给他买来的礼物。高野君一天二十四小时都带着穿在那上头的一串钥匙。那上面用罗马拼音刻着高野君的名字"FUJITUNE TAKANO"。给我们看时,高野君脸上露出了发自心底的微笑。那名字已经磨得几乎看不出来了,但我感到那钥匙扣上饱含着高野君的向往——对失去的东西的向往,对想要设法重新拥有的东西的向往。

高野君想设法找回来的东西,是他失去的与亲属的关联。我渐渐明白他是在强烈巴望着:失去的与亲属在一起的时间,就不能再重新拥有吗?

高野君屋里有一本写着每个月预定事项的年历。我们注意到,在预定事项栏里,每隔三个月就写着"新潟"两个字。高野君的老家是在北海道的小樽,他为什么想要到新潟去呢?我们向高野君提出了这个疑问。

"新潟是我妻子、儿子,还有女儿离开小平市的家后长住的地方。"

高野君吞吞吐吐地说了起来。自从在小平市建了独楼全家住进去之后,他工作繁忙至极,以致妻子带着两个孩子离开了那里。

"现在回想起来,我有许多错。"

离开高野君身边后,妻子寄居的地方是住在新潟的亲戚家。

高野君这么解释道：

"开始时我同意她离开家里一段时间去冷静冷静，本来是打算再请她回来的……"

他说自己并不打算离婚，给孩子的抚养费之类后来也一直没有断过。他每个月必定去一次新潟，把抚养费亲手交给妻子。每当那时，女儿或儿子肯定会一起来见他，他也一直问他们在学校里过得怎么样，有没有什么要解决的事。在那段时间里，他有时带儿子去洗海水浴，有时还把女儿叫到小平市的家里来。

"我跟家人的照片，都是那段时间拍的。"

我们节目里也使用过的那张海水浴照片，高野君至今还珍藏着。他说如今儿子都三十多了，女儿也已二十几岁，两个人都已经成了家。高野君说道：

"我这次想要到新潟去看看儿子。"

我们决定跟他一起去。

去看久别的儿子

乘新干线到新潟车站花了两个来小时。高野君说在新潟他可以给我们带路。

"这个酒店是我交给妻子生活费的地方。最近变得冷清多了。"

这是火车站前一座漂亮的酒店。高野君说自从分居以后，除了因为有事或身体不适而怎么也来不了之外，必定会亲自到这里来把生活费交给妻子。

"开始的时候孩子们也会在场，可是一年一年下来，渐渐不来了。"

他说原来一直希望妻子回来，可后来不得已只能死了心。

从那座酒店驱车一刻多钟，在靠近海岸的小山冈上，有小学和中学。

"这里是那时我儿子在读的学校。我也曾到这里来接过他。"

朝前再走一点，就看得到海了。高野君屋子里的照片，就是在这个海岸拍的。

"以前这里是漂亮的沙滩，现在变化太大了。我记忆中的地方过了几年竟然变成了这种样子！"

波涛汹涌地拍击着海岸。为了防止海浪冲击公路，海边排列着四角防波石，往昔美丽的海岸已经变得像个建筑工地。

"到里边一点去看看吧。"

在高野君的怂恿下，我们驱车沿着公路朝看得到沙滩的地方开去。又开了五分多钟，终于到了还留有沙滩的地段。高野君下了车，沿着海岸边走边说起来：

"那时候我儿子还在上小学，我每年都到这个海岸来，带他洗海水浴。当时他还不怎么会游泳，一到海里就紧紧抱住我不放。对我来说，真觉得像最近的事情似的。从那以后，已经过了将近二十年啦。"

稀稀落落的雪花中，高野君在沙滩上继续向前走着。斗转星移，自从高野君身体垮了以后，与儿子和女儿的关系也渐渐地越来越糟，儿子走上社会之后已几乎不再跟他联系。高野君到了五十多岁才与妻子正式离婚，虽说监护权判给了高野，但他跟儿子和女儿的关系并没能恢复。高野君悲戚地说道：

"说到底都是我不好，他们肯定全在恨我呢。"

他这次来新潟的目的，就是为了与已走上社会、在新潟工作的儿子见面谈谈。

第二天，高野君打算赶在工作开始前的上午十点去儿子工作的地方看看。

"我这就去找他啦。虽然明白他根本不愿见我，可我还是给他买礼物来了。"

高野君出了火车站，一个人向儿子工作的地方走去。我们没有跟着他，只是望着他越走越远。

没过一个钟头，高野君就回来了。"怎么样啊？"我们急忙问道。

"唉，见倒是跟我见了面，可他说我是给他添麻烦，希望我不要再到他工作的地方来。我也只对他说了一句话，我说我就是想到不给他添麻烦的地方来跟他说说话的。"

事情怎么会变得这样？如果说这就是过分投入工作、没有顾及家庭的代价，也许说的是没错，但这个代价也太大了。而从另一个角度来说，因为包括我们自己在内，一心一意为公司忘我工作的人太多了，所以我深深感到，无论谁的身上，都有可能发生同样的事情。

回故乡去扫墓

"已经用不着去公司了。"

高野君低声说道。对于中老年离婚而失去家庭的他来说，公司是他与社会的唯一接触点。然而，这个接触点也失去了。

高野君说在退休之前，他一直没有回顾过自己的家庭与人生。趁这次接受采访的机会，他想回老家小樽去为双亲扫扫墓。这是退休以后第一次去扫墓。

从新千岁机场坐火车去小樽花了两个多小时。虽然很久没有来这里了，离故乡渐近，高野君的表情却一点一点越发显得阴沉起来，像是怀着某种复杂的心情。

到达小樽的当天，高野君就邀我们到当地的寿司店去。在这家当地有名的店里，高野君一边喝着啤酒，一边慢慢聊起了自己对故乡的回忆。

"小时候我老是骑着自行车在这一带转悠。"

"上幼儿园的时候，有段时间我调皮捣蛋，因为跟小朋友打架被赶出过幼儿园。"

对于高野君来说，小樽就是他当年的一切，对这里的回忆是无穷无尽的。

"工作以后离开这里将近四十年来，一直没有回想过小樽的事情，可现在忽然怀念起这里的往事来了。"

说这话时，高野君脸上露出了柔和的表情，这是在东京时我从未见过的。

出了寿司店，在去入住酒店的路上，高野君对我说：

"有个地方想请你陪我去一下。"

气温只有十度左右，冷风迎面吹来。一行之中，只剩下我跟高野君两个人朝着小樽中心的商业街方向走去。

"这里以前比现在还要热闹一点儿。"

小樽的街上，只剩下扒金窟店和便利店还亮着灯。我们沿着街面边聊边走，这时是晚上十点来钟，商业街上的大部分店铺已经拉下了卷帘门。

"这个日本点心店的店主,是我一丁点大时候的朋友。"

"这是我小学同学开的店。"

高野君拾起往昔的记忆,一家一家给我介绍令他感到亲切的熟人经营的店铺。出寿司店后走了十来分钟,这次他又在一家蛋糕店前停住了脚步。

"这里就是我跟妻子第一次见面的地方,准确地说,是我们相亲的地方。"

说话时,高野君的眼睛好像望着很远的地方。

"如果可能的话,真想从那个时候重新再来一次。那时候太好了! 可是不行啊,就是再来一次,没准儿又会变得像现在这样,结果还是无法预测呀。"

高野君自言自语似的继续说着。在那家蛋糕店前站了一会儿之后,就像是好不容易才下了决心一般似的,他走出了充满回忆的商业街。

当年融资的大众酒馆

在离开商业街不多远的地方,高野君领我进了一家点着灯的大众酒馆。

"这里我请你,陪陪我,就待一个钟头。"

在诸多钢筋混凝土楼房之间,这家木质结构的酒馆令人产生一种怀旧的情怀。或许是时间太晚了吧,店里空荡荡的,只坐着一对年轻情侣。

"这里是我当银行职员时开发的一家客户。很久没到这里来了⋯⋯"

高野君从小樽的高中毕业后,通过母校的推荐,进了前面说的那家大型城市银行的小樽分行。高野君说在小樽分行工作时,他奔走于当地的企业之间,开发融资客户。除了在商业街一家一家争取存款的例行工作之外,对于想要扩大事业规模的人,他还进行融资方面的指导。

"在泡沫经济之前,银行从来不会随便融资,只会借钱给那些经过挑选的可靠客户。当时真就是那么从容不迫的啊。"

那个时候,有家店铺需要资金来扩大店面,就是我们现在正在喝酒的这家酒馆。

"当时融资给这家店的主银行① 是别的银行,我的开拓工作很艰难啊。"

那时,这家酒馆要扩大铺面,可是它的主银行却反对。但酒馆方面因为生意太火,所以无论如何都想借钱扩大店面。高野君说自己去这家店进行销售活动时只有二十出头,还没有权限决定这笔几千万日元的融资。

"'它的主银行都反对,我们怎么能把钱借给它?'我的上司也这么说,说服他真是太难了,我当时是有点儿不达目的誓不罢休地硬缠着他的。"

高野君说他想尽办法说服上司,让他做出了融资给这家酒馆的决定。后来,也是为了对这笔融资负责,他时不时就到这家酒馆来一次。他说,酒馆当时生意是很兴旺的。

"现在这家酒馆还在,就证明那个贷款决定没错嘛。这家酒

---

① 指日本主银行制度,企业以某一家银行作为自己的主要贷款行,并接受其金融信托及财务监控,是一种银企结合制度。——译者

馆就像是我在小樽的儿子,你要是以后来小樽,请一定要到这里来啊。"

高野君俨然这家酒馆的店主一般,反反复复、不厌其烦地对我说着这些话。听着他的真情表白,我心里也感到温暖。

生长的地方

离开酒馆回入住酒店的途中,高野君犹犹豫豫地对我说道:"其实还有一个地方,我也想请你陪我去一次。"

时间已经过了午夜零点。我回答说到哪去都行,心下思忖,下一个也是大众酒馆吧?可被他带去的却是个没想到的地方。

从酒馆走了五分来钟,到了一条非常普通的住宅街。他要把我带到哪儿去呀?我正纳闷,高野君开口了:

"这一带住着我的很多亲戚。左边你看到的那幢房子,原来是我父亲母亲住的,现在我妹妹一个人住在那儿。隔壁住的是我叔叔一家,就是撮合我和妻子的那个叔叔。"

他说自己到了中老年离婚后,无颜面对给自己介绍对象的亲戚,所以后来就疏远了。

"都住在这条小街上,叫我很难回得来啊。来都来到房子门口了,但还是没有勇气按门铃……"

高野君在房子门口站了好一会儿,我心里估摸,今天他仗着是跟我一起来的,说不定正想鼓起勇气去按门铃吧?可就像故意打断我的遐想似的,高野君说道:"我就是想让你看看我生长的地方。咱们回去吧。"

高野君没按叔叔家的门铃,便快步向入住的酒店走去了。

时隔十年的扫墓

　　第二天早晨,与高野君会合后,我们去了高野君父亲和母亲的长眠之处。在北海道,一般来说大都不把墓碑竖立在户外,寺庙在室内设有骨灰堂,骨灰盒都安放在里面。高野君的母亲过世快十年了,对于要不要去给母亲扫墓,他还拿不定主意。

　　"我去的话,会惹亲戚们讨厌,所以一直识相地没去。"

　　高野君重又想去扫墓,是在他退休进了老人之家,对自己的死亡经过重新考虑之后。

　　"我死了以后会怎么样呢? 能回去的地方也只有故乡啊。"

　　高野君说,在进老人之家以前,即使是生病的时候,也没有想过自己死亡的事。在大型城市银行工作期间,没事干的时候可以与人见面,寂寞的时候可以找人说话,即使是对公司连续加班不满的时候,与公司的关联也在支撑着自己。如今从大型城市银行退休后,他觉得自己心里还有的,就只是依恋故乡的情感了。自己没有可安葬的地方,以前从没想过的这个问题成了令高野君恐惧的心病。

　　安放父亲与母亲骨灰的寺庙在一座小山的山腰。去寺庙的小路上,高野君一脸紧张的表情。

　　"要是不让我进去怎么办? 那时候我们只能再往回走了。真对不起。"

　　不久,到了寺庙门前,高野君像下定决心似的自己走上寺庙台阶,按下了入口处的门铃。这是他在母亲死后第一次来。然而,走出来的住持不仅同意让他进去扫墓,还允许我们也一起进去。

"今天没有别的人来,请随意。"

我们被领进沐浴在宁谧夕照下的寺庙里,那儿的骨灰堂中排列着许多坟墓。

"很久没来,我不记得坟墓的地方了,咱们一起找找吧。"

话刚说完,还没等我们去找,高野君就径直朝着双亲的坟墓走了过去,伫立在墓前沉默了起来。坟墓管理者栏里写着亲戚的名字,而不是高野君的名字。

"我难得到这儿来一次,所以只能如此。其实这个坟墓本来是应该由我这个长子来管理的。"高野君吞吞吐吐地说道,"和妻子离婚以后,我跟亲戚没法好好来往了,丧礼的时候吵了一架。还为了管理者的名字跟这里的住持争论过一次。"

高野君诉说着没能到这里来的缘由,眼里隐约闪现着泪光。

在双亲墓前祭拜的高野君,变得跟在东京时不一样了。以往高野君在我们面前感情并不怎么外露,长年白领生活养成的待人接物时的自控能力,使他已习惯于隐藏自己的真实心迹。然而此时他紧闭双目,小声低语了许久,忽然对我们提起一件往事,吐露了深藏着的心声。

"那种子孙满堂的生活当然是我最希望的,就是一家团团圆圆的。记得以前忙得很少能去旅游的时候,我抽空带着全家去了铫子海边。在那里见到水边坐着一对老夫妇,我心想他们是在做什么呀？走近一看,原来他们俩正坐在那里吹尺八①……那时候我就向往能像他们那样啊。"

---

① 尺八:日本的代表性乐器,为一种无簧的竖笛,管的一端外斜。因标准长度
为一尺八寸而得名。——译者

高野君想克制自己的感情，但终于克制不住，眼泪一滴一滴流了下来。橙色的夕照透过骨灰堂的窗户，洒落在高野君的背上。

在生活中，比起家庭更注重公司和工作的人比比皆是。

如今他们正大批迎来退休。一旦失去与公司的关联，他们便会暴露出与世隔绝的孤独面目。

精英前辈的反馈

节目播放完后，高野君收到了主要来自精英前辈[①]的大量意见反馈。他们全都对想要独自生活下去的高野君的生活态度表示鼓励。

高野君刚退休时，曾经停止寄发贺年卡，现在也已重新开始寄给那些原已疏远的故乡的朋友和亲戚。他告诉我，节目播放后，那些人中有几个提出想跟他见面，有时还给他写信来。

高野君前妻的亲戚中也有人给他来了信。信中写道：

"电视中得见尊颜，颇有感触。若有机会，望能移步寒舍一叙。在下亦近垂暮之年，日后之事全然不知。请阁下善自珍摄贵体为幸。"

高野君说："这封信最让我高兴了。"因为他跟以前几乎完全失去联系的亲戚朋友，也在一点一点地重新恢复相互之间的纽带。

而且，高野君生活的老人之家的宣传资料上，也登载了高野

---

① 指和高野一样为公司全力打拼的前辈。——译者

141

君写的文章。文章里有高野君对未来寄予的希望：

"老人之家里也有很多能够欢谈的伙伴。这里还举行各种活动，我们每天都过得快乐幸福。不能觉得别人的事情与己无关，过去的经历已经告诉了我们这一点。"

高野君说，节目播出后，他与故乡的亲戚取得了联系，他们已经答应把自己死后的遗体葬到小樽的坟墓里去了。今后骨灰的去向基本得以确定，让他心里轻松了许多。

那些在生活中相对于家庭更注重公司的人们，当他们失去与亲属的关联、与公司的关联时，便会变得与世隔绝。如果能努力找回那些失去的东西的话，或许就等于找回了失去的人生。从高野君的未来中，我仿佛得到了如何在"无缘社会"中生存下去的启示。

第五章　吟唱"单身情歌"[①]的女人

——依赖代亲属的人们（续）

小宫智可

（NHK《明天的日本》报道组记者）

从名古屋市营地铁"樱通线"的高岳车站步行五分钟，在高速公路高架线附近有一座商住两用楼，这里的三楼就是我们这次采访的非营利组织"纽带之会"总部的所在地。包括东京在内，"纽带之会"在全国已经有了十几个分会。

　　第一次采访他们是在2009年秋天。在办公室最里面的接待区里，该组织代表小笠原重信接受了我们的采访。小笠原君在十年前"纽带之会"成立时就是组织成员了。

　　"开始的时候，不容易征集到会员，要想取得人们的信任也很困难。不过成立后的这十年过得真是很快啊。"

　　他介绍起了"纽带之会"的成长历程。十度冬去春来，会员数获得了惊人的增长。开始时面积250平方米的名古屋总部扩大了一倍，现在有500平方米大，已经把大楼的整个一层楼面租了下来。

　　"就这样还是觉得紧巴巴的，好像放东西的地方也没有。"

　　小笠原君说话的时候，电话频繁地响着。

　　"四千多个会员都发了会员证，出了什么事的时候，警察或医院会打电话来；会员自己觉得孤独不安的时候，也有不少会给我们打电话。"

办公处旁边的白板上，密密麻麻写满了新申请入会者的预约面谈时间。

引人注意的女会员

现在，陆续有生活比较宽裕的未婚女性来走访"纽带之会"。

非营利组织中负责签合同的咨询接待员为我们描述了这些生前签署合同者给人留下的印象：

"与男性相比，女性中对自己的人生有全盘规划的人比较多。他们来进行预约申请，听取详细的介绍，想趁健康的时候办好死后的手续。"

来采访的那一天，我们决定与一位来听取介绍的女会员详细谈谈。

中泽祐子女士（化名·七十岁）在名古屋市中心的一间公寓房中独自生活。她说是经朋友介绍决定加入"纽带之会"的。中泽女士与一批独身的好朋友结成一伙，经常一起出去旅游。她笑着对我们说：

"最近朋友们在说起'要是出了事，他们会给你当保证人'什么的。年纪一天天老起来啦，大家也就都担心起健康来了。"

她住的房间有八张榻榻米大，佛龛里供着已故双亲的牌位。

"父亲死得早，剩下我和妈妈、妹妹三个人，真是吃了不少苦啊。"

她是因为父亲工作的关系住到名古屋来的。她说父亲和母亲的老家都在九州,但他们基本上没有回去过。

"我因为一直住在名古屋,所以父亲和母亲的老家还有谁在那儿也不知道。"

她的妹妹也在爱知县,坐轨交去半个来钟头。两人偶尔也会互相打打电话。

中泽女士原来在市内一家制造和销售精密仪器的中小企业工作,从二十多岁开始工作起就搞财务,一直干到五十多岁退休。她说自己没怎么考虑过结婚。

"我平时尽心尽力工作,又因为喜欢旅游,经常跟朋友结伴去旅行,一直忙忙碌碌的,等想到结婚的事情时,已经一个人活到这把年纪了。"

她不怎么在意房子状况怎么样,现在待在月租只需几万日元的公寓里。

"因为屋子太旧了,朋友们都叫我早点搬家,可我挺喜欢现在的地方,心想反正在哪儿都是一样过。"

她住的公寓是木质结构,房间有八张榻榻米大。她说里面还有不少像自己一样独自生活的老年人。

"这是在去冲绳的时候拍的,这张是在北海道。"

中泽女士翻着相册,一边回顾过去的经历。

"您现在有没有担心的事情?"

听我们一问,中泽女士答道:"现在最不放心的,就是自己的健康问题。"她说自己现在每天都步行将近一个小时。

"身体主要靠的就是腰腿,所以除了下雨天外,我一定会去走路。"

她还说近来已经不怎么在家里做饭了。

"早饭嘛，就在咖啡馆这类店里吃。有的咖啡馆，去的客人净是我这种独居的老年人。多到那儿去几次就会知道，噢，这个人看来也是一个人过的呀。"

熟悉的咖啡馆也一天天多起来了。她说自己尽量不闷在家里，而是出门去找人说话。因为听人说多发声对身体有好处，所以还跟朋友一起参加了合唱队。现在已经同时参加了两个这样的团体。我们跟中泽女士约定，周末对她和她参加的合唱练习进行录像，然后就回东京了。

第二天在做采访准备的时候，中泽女士忽然打来了电话。她非常抱歉地说道：

"我跟朋友们商量过了，觉得对我们还是别采访了吧。"

她反复解释，说接受采访会造成多种不便。

"参加非营利组织是我个人的希望，没有任何问题。可是我加入的合唱队里也有全家一起生活的人。我不想让那些有家庭的人知道我是那个组织的会员。另外几个跟我一样的非营利组织会员朋友也是这么想的。"

那些"无缘"的人，是没人会给他们担保身份的。对这样的人来说，非营利组织代替了他们的"家庭"。然而，他们切实的想法，却是不愿让有真正家庭的人知道自己是非营利组织的会员。社会如何看待她们的独自生活？"世人的眼睛"如何解读她们的"单身到底"？我意识到，想要保守自己独自生活秘密的老年女性对这些是很在意的。或许她们的确不希望人们投来怜悯的目光。这个采访无意中发现了潜藏在那些英姿飒爽的女性们内心深处的孤寂。

放在书橱里的骨灰盒

"带你们去办公室吧。"

我们要在非营利组织进行外景录像,于是被领进了总部最里面的办公室里。那里放着一些大书橱,但里面摆放着的不是书,而是许多小小的骨灰盒。

"每天一早我们来上班时,一定要供奉清水,并献上祈祷。"

他们说那些在家里或医院亡故的会员火葬之后,会暂时把他们的骨灰存放在这里。小小的白色骨灰盒上写着合同签署者的名字和日期,在这里等待埋进坟墓的日子。

"一年中我们分几次将骨灰一起埋到公共墓地去。埋葬之前,就存放在这里。"

那天我们看到,名古屋总部里已经存放着近三十个骨灰盒了。

在访问"纽带之会"的总部之前,我们在东京参加了他们一个生前签约会员的丧礼。过世的是位年届九十的老婆婆。接到请我们上午十点直接去葬礼会场的电话后,我们穿上丧礼套装来到了会场。据说老婆婆是在老人之家过世的,兄弟姊妹都已死亡,她本人终生未婚,没有子女。

"请将鲜花放到棺材里去。"

在殡仪公司人员的提示下,我们将鲜花放满了棺材。棺材里放着一张这位婆婆生前珍藏着的照片。参加葬礼的非营利组织的工作人员说道:

"由于她住的是特别护理老人之家，在那里不能多放东西，所以除了这张照片之外，没有其他什么有价值的物品。既然她生前那么爱惜这张照片，我想最后就把它跟老人一起焚化吧。"

照片是老婆婆年轻时拍的，旁边那个女子可能是她姐姐。照片上的老婆婆身穿和服，笑容满面，一副很幸福的样子。非营利组织的工作人员说：

"她自己一直在工作，所以养老金好像并不少。"

参加葬礼的只有非营利组织的职员和我们这个录制组，还有的就是殡仪人员了。葬礼采用直送火葬的方式，没有请和尚来，没有祭坛，也没有一个亲戚。

"致告别辞。"

我们是第一次见到这位老婆婆。值此送她离开尘世之际，萦绕在脑海中的，是对她允许我们前来采访的感激之情。非营利组织的职员致词道：

"以往站在这里的只有我们（非营利组织）和殡仪人员，今天来了这么多人，想必老婆婆也会高兴吧！"

我们得知，这样的葬礼多的时候，一星期他们会来两三次。老婆婆那小小的骨灰盒将先放在非营利组织里设的祭坛上，然后移到书橱里去。

难以进展的单身女性采访

终生不婚的会员在持续增多，在探查"无缘社会"广度的采访中，单身女性占据着重要的位置。然而我们对其进行录像采访的交涉，却一直难以取得进展。大多数女性答应"不上镜头只说话"，对于看得到面容的录像则都坚决拒绝。一片拒绝声中，爽快地答应也可以录像的，只有若山钵子女士（七十九岁）。

若山女士的家在距名古屋市中心十五分钟车程的一个住宅街上，她就住在一幢四十来年房龄的大楼里。

乘电梯来到她的门前，刚一按铃门就开了，她好像一直在等着我们。只听她开口便道：

"不知怎么的，惦记着你们要来，我从早晨就在等着呢。"

真是个风风火火、让人见过一面就不会忘记的女性。

"与电话里的声音相比，您看上去要年轻得多呢。"

"因为我只关心自己的健康啊，现在除了健康就没东西可关心了嘛。"

她脸上始终充满笑容，丝毫没有怯生的表情。

大部分平凡度日的独身女子，一上了岁数，担心"万一出了什么事"的不安心理就会挥之不去，就会需要非营利组织的支持。从这种不断扩大的需求中，可以切实感到"无缘社会"正在到来，这促使我们深挖下去。

漫长的人生故事

我们开始跟踪若山女士的日常生活。记者、摄像师、节目主持人再加上照明人员，我们四个人频繁地出入若山女士住的公寓。

"因为不大有人来我家，所以跟你们说着说着，就觉得精神来了。"

若山女士总是这么爽快地把我们迎进屋里，我们总是在厨房里的四人餐桌旁跟她聊天。若山女士是如何一个人生活到现在的？要想全部听完她整个人生的讲述，一天是无论如何都不够的。她的人生是个漫长的故事。

若山女士曾经跟体弱多病的母亲一起生活，照顾母亲的身体。她说母亲是在四十来年前过世的，那之前自己一边照顾母亲一边当护士，整天没有休息的时候。

"我之所以会变成这么一个又倔又硬的女人，都是因为在'满洲'有过一段不寻常的经历。"

若山女士谈起了自己的过去。她出生在九州，刚上小学就渡过大海到韩国去了。

"我要在朝鲜半岛上闯出一番事业！"

她说就是因为父亲野心勃勃，全家才移居到了现在的釜山。可是小学快毕业的时候，母亲跟父亲离婚，又与另一个移民韩国的日本男人结了婚。自从母亲跟再婚的父亲生了个妹妹之后，自己这个"前面男人的孩子"就开始遭白眼，后来还被送到"满洲"去当住宿保姆，简直像是被逐出家门似的。若山女士当时刚上中学，已经在中国东北一个事业有成的远亲家里当起了保姆。她一边上学，一边打扫房间、洗衣服、买东西，整天忙得不可开交。她说在跟她一样当保姆的中国人中间，自己的人缘是很好的。

战败撤退时的惨痛经历

就在她习惯了这种生活的时候，战争结束了。在若山女士背包里塞满跟玉米差不多的高粱米，又热心地把她送上大撤退火车的，就是那些与她交情不浅的中国保姆。

"正是因为在火车里有高粱米啃，我才能活着回来。就是现在，我也感谢中国人。"

谁知在大撤退的火车里却发生了一件事。

"这个人没气了！"

一个临产的孕妇在火车里死了。这列在烈日下奔驰在中国大地的火车，其实是运矿石的货车，每节只是铺了些稻草，车厢内满满地挤着几十个人。

挤在货车上的人互相之间谁也没有招呼谁，大家不约而同地用铺着的稻草裹住那产妇的遗体，双手合十拜过之后，就把她扔到车外去了。

"天这么热，狭窄的货车上挤得满满的，要是尸体留在车上腐烂掉可就糟了，所以那也是没有办法呀。然而我那时才十七岁，吓得话都说不出来了。因为一个人就在我眼前突然死亡，又被扔掉了。那个情景我不会忘记。没准儿就因为当时的情景深深地印在我心里了，所以后来不管遇到多难过的坎，我也都能跨过去。"

若山女士眼睛像是望着远方，对我们说着战争中的亲身体验。从中国东北撤回日本后没过多久，她的第二个父亲也死了。这一来，支撑病弱母亲和幼小妹妹的担子落到了若山女士的身上。

"无论如何，非得找个赚得着钱的工作不可。"

就是这个一闪之念，让她参加并通过了护士考试。她一边工作一边养活妹妹，送走妹妹后又继续看护生病的母亲。

"我喜欢护士的工作呀。因为我天生这种性格，医院就让我去了外科，负责了不少手术呢。在手术室高度紧张的气氛中工作，人很有充实感。看到那些内科护士不温不火的样子，我心里都有点痒得慌。我有自己的主见，个性太强，跟护士长也常顶嘴。可我是因为喜欢工作，因为太较真才跟她冲突的。我最讨厌敷衍了事、马马虎虎的做派了，又是个太喜欢干净的洁癖症患者，所以跟她真顶了不少次。现在想起来，挺有意思的。"

从若山女士的欢声笑语里，听得出她为自己奉献给护士工作的大半生感到自豪。

四十多岁的时候，她用自己辛辛苦苦积攒的钱买了这套公寓。对于独自生活的她来说，三房两厅的面积实在是绰绰有余。

公寓跟前是个挺大的神社。她说当初来看房子的时候，从房间的窗户里看到了神社的景致，看到了在神社里玩耍的孩子，就是因为满意这样的氛围，她才立刻决定买下来的。

"那个时候，一个女人要想独自把一套公寓买下来，是需要勇气的。"

当时她年过四十，已经做好了独自生活一辈子的思想准备。母亲死后，她一直在这套公寓里独自生活。

囤积的大量食品

穿过厨房走到底的日式房间里，有供奉她双亲牌位的佛龛。

"让我们也上一炷香吧。"

听了我们的请求，她带我们走进最里面的房间。刚迈进去我们就吃了一惊，只见半个房间堆满了囤积的食品。

"这是罐头，还有荞麦面和乌冬面。人家说对健康有好处的东西,我都尽量存一些。"

若山女士曾有一段时间病倒了没法出门,所以她储备食品的目的是以防万一。

"那次我得了感冒,没法出门,结果待在家里一个星期光是喝水。"

她说那时想不出有什么可以商量、可以托来买东西的人。

"我是给非营利组织打了电话,请他们帮我买了饭来。可是一天托他们好几次的话,花钱也多,又不好意思每顿饭都请他们买,加上我的保险不包括护理在内,所以就无路可走了。"

从那次饿肚子以后,若山女士平时总是囤积够三个月吃的食品。

"我买了个大冰箱,冷藏着米饭和菜,这样用微波炉加加热就可以吃了。我把饭菜按一顿一顿分开,喏,面包也是一片一片用保鲜膜包好,每100克肉,每一块鱼,全都这么分成便于加热的小份储备起来。你们瞧这里,生姜也是先磨成姜末,然后再按每次的量用保鲜膜包起来的。"

她冰箱的冷藏室、冷冻室里,都被食品塞得没法再塞东西了。

"肯定会有突然出了事,不能去买东西的时候吧。这么保存着,是不会腐坏的。"

"这个是醋拌海蕴①噢。因为它对身体有好处,我每天都在吃。你们尝尝,挺好吃的。"

说着,她把海蕴拿了出来。醋拌海蕴稍带点甜味,那淡雅鲜美的味道一吃到嘴里,精神马上来了。

---

① 一种类似海藻的植物,营养价值较高。——译者

樱花还得几回见?

"我每天在公寓周围散步,天气好的话一定会去。"

若山女士为了健康,每天必定会出门去买东西或散步。

"要是腰腿直不起来的话,就不能独自生活了,所以平时锻炼腰腿,最好的办法就是走路。"

出了公寓走五分钟,就能看到一所中学的校舍。

"这里樱花开的时候很美啊,望过去路两边全是樱花。"

她已经独自在公寓里生活了四十年……

"这么美的樱花,我以后还能看几年啊?"

若山女士不是在问我们,而是自言自语地说道。买完东西刚一到家,她就把药拿了出来。若山女士说这是自己一天不落都在吃的药。

"这种药是提高免疫力的,可我就是每天吃,心里还是七上八下的,不知道什么时候还会生病。"

若山女士三年前感到小便异常,结果发现了癌细胞,是膀胱癌。她从当护士时起就很注意健康,正因为如此,患上癌症对她打击很大。第一次在医院检查时,医生诊断说她得的只是膀胱炎。

"我根据自己当护士的经验,觉得自己的症状跟单纯的膀胱炎不一样,所以不依不饶地缠住医生,请他再给我检查一次。"

"给我看病的年轻医生不高兴地一言不发,觉得自己的诊断不可能错。"若山女士越来越放不下心来,她换到另一家大医院,请求专家重新诊断。那家医院的医生立刻告诉若山女士:

"这是膀胱癌。疼吧?"

"果然……"

自己的判断是对的，然而医生的宣告还是犹如五雷轰顶。她第二天就得住院。

"我马上给非营利组织打了电话。"

没有亲属可依靠的若山女士说道。她请非营利组织的职员到场给自己当保证人，办理了住院手续。住院后经过精密的检查，医生向她宣布，为了彻底治好她的病，必须使用抗癌剂。

"动手术会上麻醉，还可以忍耐，但用抗癌剂治疗要比动手术难受。我早就知道这种治疗会掉头发，身体也很痛苦。那种忍受不住痛苦而中途停止抗癌剂治疗的人，我以前见得太多了。"

若山女士当时很苦恼。

"那时真的很痛苦，但为了治好癌症再健康地生活下去，我还是决定接受抗癌剂治疗。"

抗癌剂治疗进行了将近半年。头发也掉了，食欲也没了，真的很难受。但若山女士凭着坚韧的精神做完了全部疗程，一声也没有叫苦。这使得主治医生和照顾她的护士都非常吃惊。

"再也不想做这种治疗了。"

住院期间，没有亲属来看她，唯一关心她病况的，是非营利组织的职员。出院以后，若山女士比以前更加注意健康了，只要有人说什么东西对癌症有效，她就会立即去弄来亲自试一试。

"也许从旁人看来，我好像有点傻，但不那么试一试的话，我只会更加不安的。醋拌海蕴就是其中之一；还有盐也是，我现在吃特别的盐；米也是我请人特别送来的。这样的东西有不少呢。"

中意的咖啡馆

在采访时，若山女士给我们看了各种东西。有益于身体、提高免疫力的各种食品、健康饮料、健康食品，还有改善血液循环的物品。不仅如此，她外出时必定会记住戴口罩，防止感冒和其他疾病。

"抗癌剂治疗真的很难受。不仅身体疼痛，更要命的是头发都掉光了，看一眼都让人揪心得很，实在难受极了。"

采访告一段落时，若山女士突然出乎意料地站起身来说道：

"有个地方请你们务必跟我一起去一次。"

在她的力邀下，我们走进了公寓一楼的咖啡店里。这家店摆放着木椅子，给人以沉稳的感觉。据说四十多年前公寓造起来时它就开始营业了。若山女士高兴地说道：

"自己心情低落的时候或是来客人的时候，我肯定会来这里喝杯咖啡。这里的咖啡很好喝，口碑不错。怎么样？是挺好喝吧？早餐时间还配着大面包，下回采访时，咱们一起来这里吃早点吧。"

她把我们介绍给店主说：

"今天来的都是NHK的人，他们是来采访的。"

我们付钱时，她把我们推开，当仁不让地说道：

"难得你们特意到这里来，绝对应该让我来埋单啦。"

喝完咖啡，我们虽然依依不舍，但还是在约好下一次录像时间后告别了那幢公寓。若山女士站在路旁送我们走，直到外景车载着我们开了很远，还看得到她那已经变得很小的身影。

回东京后重听对她的采访录音，让人感受得到长期独自生活女子的那种不让须眉的坚韧。但同时也让人觉得，她似乎还没有说出独自生活的真正原因。

录像时掌控摄像机的资深摄像师也有同感：

"看来她还没有说出真心话来呢，因为她刚跟我们认识嘛。如果多去几次的话，说不定会把真心话讲给我们听的。"

当了半辈子全家的顶梁柱

接下来，在两星期后约定的日子，我们再次造访了若山女士的公寓。

为了满足若山女士的坚决要求，我们在上次录像后道别的那家咖啡店里跟她见面，一起吃了那里的早饭套餐。若山女士对我们说道：

"能跟你们一起在这里吃早饭，真是很高兴啊。"

我们本该跟她商量一下采访的步骤，但也是由于再次见面后都很高兴的缘故，大家聊聊她的近况，侃侃其他事情，眨眼之间竟然过去了一个小时。

"该走了吧。"

店里吃早点的人已经走光，都中午十一点多了，我们才朝若山女士的那套公寓走去。今天的任务，是要对若山女士过去的照片和有纪念意义的物品进行录像。

"我不太注意保存过去的有纪念意义的东西，不知道能不能帮上你们的忙。"

说完客气的开场白后，若山女士从房间的最里边为我们取出了保存的照片和信件。照片大都是当护士时拍的，她一直在名古屋市内的一家综合医院当护士。由于战后的混乱，除了妈妈和妹妹之外,其他家人都四处离散,渐渐疏于联系。她和妹妹、妈妈开始一起在一处房子里生活,父亲死后,她作为全家的顶梁柱,支撑着妹妹和妈妈的生活。

"我有个哥哥,但他已结婚有了孩子,从没给过我们生活方面的帮助,到头来只有我来把这个家支撑下去。"

要给妹妹付学费,要照顾病病歪歪的妈妈,若山女士一直到三十多岁都是这样度过的。

"年轻的时候,追我的人也很多呢。"

这是当护士时,若山女士穿着护士服跟同事们一起拍的照片。她一边让我们看照片,一边告诉我们,那些一起工作的护士姐妹们一个个跟医生结了婚,辞去了工作。她指着照片说道:

"这个人也跟医生结婚了。""这个人结婚以后回到了乡下,现在应该跟开诊所的丈夫一起生活呢。"

二十七八岁的时候,有个一起工作的医生向她求过婚。她说自己苦恼了很久,不知该怎么办。

"我长得又不讨人喜欢,更重要的是还有个妈妈要养。最后我想清楚了,自己不应该结婚。于是,我拒绝了他。"

她说,那个医生过了不久就跟别的女子结婚回乡下去了。从那以后,若山女士干起工作来比以前更加投入了。

"我几乎每天加夜班,把别人的工作都接下来,拼命挣钱。那些钱都用在妈妈身上,或是用来跟朋友去旅游了。"

巨型戒指

照片里也有很多是打扮得漂漂亮亮、跟朋友一起去旅游的。

她去冲绳,去北海道,把日本国内的观光胜地几乎兜了个遍。我们从这些照片中发现了一张她满脸笑容戴着巨型戒指的。听到我们问她这是什么照片,若山女士叫我们等一等,说着到里屋去找什么东西了。她找的是个珍藏在木盒里的大戒指。打开木盒,一个带鉴定书的巨型戒指出现在我们眼前。

"这是跟朋友去旅游时,店里的人推荐给我买的。我本来对首饰这类东西不感兴趣,可既然婚也一直没有结,那就把这个戒指权当对自己的奖励吧。"

若山女士说这个戒指现在自己几乎不戴。她好像有点感到凄凉,呆呆地望着远处说道:

"反正没人会送给我戒指,所以我就自己买下来了。"

她说戒指的价钱正好相当于她当时三个月的工资。

"除了公寓之外,这个戒指可能是我买的最贵的东西了。死了以后,得请他们把它也放进我的棺材里。"

若山女士父亲早亡、自己一直坚持工作支撑全家,她忙于工作和照顾母亲,连结婚的机会都失去了。她说并不怎么后悔自己的这种人生,也绝对不想因为生活而给别人添麻烦。她望着戒指一字一字吐出来的话语,仿佛使我们的心都抽紧了。我们冒昧地问若山女士:"假如结了婚,您是否觉得自己的人生会改变? 您想要过孩子吗?"若山女士低下头沉默了片刻,然后朝着摄像机说出了自己的想法:

"对于没结婚这件事,至今我也没感到后悔。可我是个女人,见到生了孩子的幸福女子,我也会想结一次婚,生一个孩子……不,不仅是'会想',有一个时期我其实也'想过'。要是我说不寂寞,那我是撒谎。但不管怎么说,我还算是个忍耐力强的有主见的人吧……最近,我常流泪,想起这些事情就会……"

若山女士第一次向我们说出了自己的心里话。

随着几次去名古屋与若山女士谈话,我们渐渐发现,若山女士对于死亡具有很强烈的意识。在第三次去名古屋采访她时,我们得以跟她一起去了一次非营利组织的名古屋总部。

"以前我几乎每星期都会到这里来。隔了这么久再来这里,感到有点儿紧张。"

若山女士这一天去那里,主要是想咨询一下自己死后的葬礼问题。

"最近出现了一种非常简单的'直送火葬',而且你们非营利组织基本方案也是采用这种方式。我虽然觉得这样也不错,可是觉得反正一样去死嘛,能不能最后把自己的葬礼弄得更像样一点儿?"

来找非营利组织咨询之前,若山女士已经自己先去殡仪公司了解了祭坛种类等事宜。

"说起祭坛,从最好的到最便宜的,不知有多少,好的祭坛价钱贵得骇人呢。我是越问越糊涂了。"

若山女士说,她想告诉他们自己心里想要的殡葬方式。

到了非营利组织总部,她感慨道:

"有些日子没来了,这里扩大了不少嘛。"

她跟迎出来的非营利组织工作人员找了个房间开始谈话。之前的目的,是想咨询墓地的问题,可打开话匣子后,好像却没完没了地谈起了自己的身体、吃饭和选择医院的事。她自己解释说:

"不知道下一次什么时候能来，所以一谈起来就刹不住车了。"

"难得你们特意前来采访，咱们还是去看看墓地吧。"

若山女士和非营利组织的工作人员一起，要带我们到大部分签约者长眠的合葬墓地去。他们说墓地就在名古屋市的中心地区。

合葬墓地

非营利组织运营的合葬墓地，在名古屋市的和平公园里。非营利组织合同签署者中没有自己墓地的人，就会被埋葬在这个合葬墓地中。合葬墓地上竖着一些小墓碑，只要申请，小墓碑上就会刻上自己的名字，将自己的骨灰收在墓地里。非营利组织在全国拥有几块这样的墓地，他们半年左右举行一次追悼会，对这半年中亡故的会员进行合祭。

他们说，其中最大的就是名古屋市的墓地。墓地侧面密密麻麻地写着迄今为止骨灰埋在这里的死者姓名，共有四百多人。由于生前预订这块墓地的人正在增加，预计将有一千人要埋葬在这里。

"我给你们看看里边吧。"

工作人员打开坟墓给我们看，只见坟墓中整齐地排放着骨灰盒。

"这一个个骨灰盒都是活了六十岁到八十岁的人。"

说着，他一一给我们介绍这些人的情况。他们都是没有亲属或虽有亲属却无法依靠的人。近来这些不买私人墓地个人的增加，成了与他们签署合同者增多的重要原因。其中最惹人注目的,就是像若山女士那样独自度过一生的"终生不婚"的人。

我们和若山女士一起去墓地的那天很冷,从早晨起就飘着雪花,大地像冻住了一样。若山女士迎着凛冽的寒风,朝着自己预定的墓地走去。她在墓地中边走边拾着垃圾:

"我觉得就是死了以后,也还是干净的地方舒服啊。所以不把这些垃圾捡起来,就好像怪对不起他们似的。"

非营利组织理解若山女士的心情。在小山冈上一排排整齐的合葬墓地中,她的墓地被设在最高的那一层上。爬上一级级台阶,若山女士终于来到了自己的坟墓前。她先在坟墓周围转了一圈,捡起地上的垃圾,然后对着坟墓合起了手掌。

"这个坟墓我经常来,因为以后自己是要进去的呀。"

合葬墓地侧面排列着小小的墓碑,如果不愿意跟大批骨灰葬在一起的话,也可以葬在那里的坟墓里。

"您不打算葬在那边吗?"

"像那样每个人一块墓碑的坟墓我不喜欢,太寂寞了。"

说完,若山女士又重新向着自己的坟墓低下头,久久地合十祈祷。她尽管一贯个性爽朗,此时却也对我们说,站在坟墓前的时候,她心里还是感到很凄凉的。

沉默许久之后,我们问若山女士:

"您在想什么呢?"

"至少在天堂里,我不想这么孤独。"

她接着说道,

"现在我一个人这么孤独地生活,死了以后,葬进合葬墓地的话,就能跟许多人在天堂里相会了吧。工作一直是我的人生价值所在,到了那个世界,我还想干同样的工作,还当护士。"

雪下得大起来了。离开墓地的时候,若山女士还一次又一次不断回头眺望渐渐远去的墓地,嘴里不停地小声说着:

"拜拜!我还会来的。"

大年三十的餐桌

离节目正式播放还有一个月。12月31日这一天,我们也一直跟在若山女士的身旁,就是说,我们是离开东京,在名古屋过年的。进入12月后,名古屋的街道披上了亮丽的新装,而若山女士对此不屑一顾,还是像往常一样过自己的日子。

"除夕之日有劳你们到我这儿来,实在不好意思。这可比我一个人过年热闹多了,真开心啊。"

若山女士高高兴兴地积极配合我们的采访。像以往那样,我们在她家里一边喝茶一边聊了起来。

"我最近身体的情况不太好。"

若山女士说起话来谈到健康的时候很多。她说最近来找自己的人少了,所以有点儿寂寞。还说要寄的贺年卡也在逐年减少。

"大概只有十张多一点儿吧。刚停下来不干护士的时候要写二十几张呢,可人都一个个死了,因为岁数都一年年上去了嘛。"

我们向若山女士问起了她亲属的情况。她先跟我们交了个底:

"我是有个哥哥,但我不太想跟他联系。"

然后说起了家里的情况。她虽然有个理应继承父业挑起全家担子的哥哥，但哥哥却把母亲扔给她，自己远走高飞去了。后来她跟哥哥没通过音讯，但母亲跟哥哥好像还是有联系的。

母亲过世后办完丧事时，一直没有音讯的哥哥来了个电话。

"他以前从来不跟我联系，这时候却说想认领骨灰，来弥补自己的不是。"

若山女士左思右想，最后还是决定把母亲的骨灰交给了他。她告诉我们：

"因为我没有孩子，可我哥哥有，我死了以后是没有子女来管母亲的骨灰的。现在我觉得，当时还好那么做了。"

她说自己也没问问母亲长眠的墓地在什么地方。对此她是这么解释的：

"我有妈妈的照片嘛，看看那张照片就能想起妈妈来了。"

塑料袋里的玩偶

我们去过几次若山女士的房间。以往几次摄像，把她那些老照片都录了下来。我们发现，她那间摆床的屋子里，放着很多毛绒玩偶。

"这个房间再让我们看一次好吗？"

跟若山女士打了个招呼后，那间屋子我们又进去看了一遍。

"这是什么呀？"

我们望着用塑料袋仔仔细细包着的几个玩偶问道。

"这个呀，挺可爱的吧。对我来说，它们就像孩子似的。"她小心地拿起包在塑料袋里的小猪、小牛给我们看，"过上半年一年的，我就给它们换个塑料袋，好不让它脏啊。因为这是我的宝贝嘛。"

她说过了五十五岁以后,交给自己护理的重症病人多了起来。有在亲属簇拥下迎接生命终点的病人,也有并无一人作伴、独自面对死亡的病人。若山女士与那些病人每天坦诚相处,真挚地倾听病人的心声,获得了他们的一致好评。这些玩偶就是那些病人送给她的礼物。

"按理说,护士是不准收受病人物品的,但他们说无论如何一定要给我礼物,我就只好单把这些玩偶收了下来。"

若山女士收到的玩偶多达十几个。她说自己陪伴那些因病痛而无法安宁的病人时,病人把玩偶交给她,嘱咐道:

"我要是有个三长两短,希望你看着这个玩偶能够想起我来。"

"总之,对我来说,这些玩偶就是那些病人本人,或者也可以说,是我自己亲属的化身。"

若山女士手上拿着一个小牛玩偶,她说那是自己五十七八岁时护理的一个七十多岁的老奶奶送给自己的。

"这个玩偶是老奶奶的孙女送给她的。她大概知道自己得了癌症,前途并不乐观。她听我说自己没有亲人后,就无论如何非要我收下这个玩偶,使我难以拒绝。"

那个老奶奶是在身体还可以的时候把玩偶送给若山女士的。若山女士说,自己收下那个玩偶半年多以后,老奶奶就病故了。她说道:

"我死了以后,这些玩偶是不是也请他们放在我的棺材里呀?玩偶的事也得写在遗书里,真的,很多事都必须写在遗书里。"

自从收下那些玩偶以来,她一直非常小心地保存着。

"它们真的很可爱吧。"

她说自己要是一直看着这些玩偶,就会觉得它们像自己的孩子似的,喜欢得不愿放下来。

"对了!"

若山女士给一个玩偶脱掉包在外面的塑料袋时,对我们说了她刚打定的主意:

"你们能不能收下这个玩偶?我就是一直留着,也没法把它们都带到那个世界去呀,所以我请你们一定要收下。"

她把这个小狗玩偶送给我们。

"我请他们来照顾你啦。"

若山女士对小狗玩偶说话时慈祥的面容,至今还深深地印在我的脑海里。

一个人看红白歌赛①

大年三十,天早就全黑了,红白歌赛已经开始,电视里播放着当红女星们的歌声,此时的若山女士正在独自吃晚饭。醋拌海蕴,炖土豆,半碗饭,再加上白煮鸡蛋,作为年夜饭来说,真是够简单的。

"一个人吃饭,多数时候总是会剩下来。扔了怪可惜的,所以我一直把这些饭菜分给那些苦恼的穷人。"

她说离家最近的那个轨交车站前头有许多流浪汉,去年大

---

① 日本元旦前夜必定播放的联欢节目,功能相当于春节晚会,但以对歌比赛为主。——译者

年三十那天,她就把多出来的饭菜给他们拿去了不少。

"我改不了那种舍不得扔掉饭菜的习惯,现在也是,吃不完的会想要分给别人。"

她觉得正因为是大年三十,那些人饿着肚子过年怪可怜的,所以一直坚持着做这件事。

若山女士虽然以坚韧的毅力独自生活到现在,但她说自己自从身体垮了,因为癌症住院以后,一种担忧就开始整天缠绕在她的脑子里:

"要是突然倒下了怎么办? 我可不愿意在没人看护的情况下死去。"

在回答我们问题时,她说的这段话让人印象极为深刻:

"死在这里,变得只剩下骨头,即使有人打电话来,自己也不知道。我担心的正是这个。"

第二天,我们随若山女士一起去进行新春第一次参拜①。隔着马路与公寓正相对的那个大神社,是四十年来若山女士每年进行新春首次参拜的地方。大清早的,人还很稀少,若山女士就戴着口罩,迈着让人无法想象她已年近八十的稳健步伐,向神社里走去。与昨天阴沉的脸色迥然不同,她一副爽朗的表情,又变回到了往常的若山女士。

"健康,总之我来这里求的只是健康。我想再健康地活五年,现在的愿望只有这一个。"

若山女士话说得非常干脆。

"除此之外,现在我没有什么可担忧的,因为只要身体健康

---

① 日本新年习俗,元月之内必定到神社祈福之行。——译者

的话,独自生活也不会有什么问题的。"

结束了所有预定的采访内容,跟若山女士分手的时刻到来了。

"所有的录像到这里就结束了。非常感谢您长时间的合作。"

自第一次来采访开始,已经过了三个月。若山女士一直很热情地迎接我们。

"给您添了不少各种麻烦。非常感谢。"

话刚说完,若山女士始终笑眯眯的表情一下子变了,她热泪盈眶,冲着我们说道:

"真的很谢谢你们到我这里来。可别忘了我呀。下次到名古屋来的时候一定得给我打电话。我等着你们呢,真的。说定了啊!"

说完,若山女士跟我们一个一个紧紧地握了手。车开动之后,若山女士的手还一直朝我们挥个不停。

若山女士后来的情况

离播放还有一个星期的1月下旬,若山女士打电话来了。"我们走了以后您过得怎么样啊?" 我们刚问完,听筒里传来了若山女士消沉的声音:

"上星期我去医院做了癌细胞检查。检查结果已经出来,医生说我癌症复发了。"

我一时无言以对,反倒是若山女士继续把话说了下去:

"我想再检查一次,如果确诊的话,就得进行手术。等有消息了我再给你们打电话。"

若山女士说完把电话挂了。

节目播出以后，若山女士得到了医生的确诊，她的癌症复发没有搞错。非营利组织为她做保人，她得住院进行第六次手术。

"我想尽量不住在医院里，所以请求医生让我能住两星期就出院。"

于是就像她说的那样，若山女士两个星期后出院了，现在身体正在恢复。

她说自己吃不下太多的米饭，但还是有意识地尽量多吃，好恢复元气。

她还告诉我，节目播出以后，以前没有联系的亲戚也打电话来了，NHK还转去了几封写给她的信。

"对所有来信我都写了回信。他们绝大多数都是对我的生活态度表示支持的，这给了我很大的力量。"

那些写信的人自己也大都是一个人生活的。他们对独自生活的难处与若山女士的生活态度很有同感，表示自己也想顽强地一个人活下去。节目播放完后，若山女士已开始寻找合适的老人之家。她说道：

"有的时候，我也会觉得独自在公寓里生活下去挺寂寞的，所以希望在还有别人的地方度过自己所剩不多的人生。"

[专栏]
共 同 坟 墓

"无缘社会"的到来,势必使坟墓的形式也发生很大的改变。其中之一,便是"共同坟墓"。这种坟墓不同于祖宗一代一代传下来的自家墓地,而是与别人埋葬在一起的坟墓。

"能定下来死后葬在这里,我也就放下心来不再担忧了。"
"虽然丈夫比我先走了一步,但我现在一点儿也不寂寞。"
福冈县筱栗镇小山坡上的那一大片墓地,是当地养老金领取者八年前结成的互助会建立的共同坟墓。老人们络绎不绝地结伴去那里观看,一同合掌祈祷。迄今为止,那里已安葬了近一百四十人的骨灰,登记死后葬在那里的生者也超过了四百人。

有个七十八岁的男子跟老伴一起申请死后葬在那里。他们有一男一女两个孩子,都是在首都圈的大学毕业后又在当地就职的。老人说孩子在那里构筑了自己的家庭,从来不回老家来。他说自己是九个兄弟姐妹中的老大,年轻时虽然进了东京的大学,但为了继承木材店的家业,又回到了家乡,并一直支撑着这个大家族。然而,随着时代的变化,木材店的经营越来越惨淡,已经无法再传给儿子了。以往的那种家族形式,即使在当地也越来越难以为继,就连保住家族坟墓都变得困难起来了。

"环境变了,社会变了,连职业会变成什么样都无法得知,现在就是这样一个时代。我已经观察很长时间了,觉得要想靠血缘关系把祖传墓地永远传下去,似乎已经很困难了。"

为寻求关联 选择共同坟墓

有些人出于孤独感而打算将自己葬入共同坟墓,这样的例子并不少。有一个八十一岁的男子,自从妻子因为痴呆症恶化而住进福利院后,他一直独自生活。他们夫妇没有生过孩子,之前一直是老两口相依为命。他说如今妻子这个唯一的亲人进了福利院,使他骤然产生了孤独感。加上他自己也患了癌症,自感死神已经近在咫尺。他希望至少身后事能有一群相互支持的伙伴照应,因此决定将来和妻子一起埋到共同坟墓里去。

"自己万一有个三长两短,我妻子怎么办呢? 有了共同墓地这回事,就有人能帮她了。有了新的朋友,新的伙伴,可以放心地把后事托付给他们。"

共同坟墓是没有血缘关系的人埋葬在一起的地方。除了养老金领取者互助会为会员设立的共同坟墓之外,还有一些寺院、地方行政部门管理运营的叫作"万代供奉墓"、"合葬墓"的共同坟墓,现在不论在城市还是农村,这样的坟墓都正在迅速增加。

据出版《万代供奉墓指南》的专业出版社社长酒木幸祐说,十年前,全国只有二百个左右"万代供奉墓",而现在仅能够统计到的数字就有八百多个。"万代供奉墓"出现于20世纪80年代后半期。当时，随着少子化与核心家庭化的进展，越来越多的人觉得自己死后，家族的坟墓会后继无人；或因为死后不想自己的坟墓给孩子和亲戚添麻烦，从而选择"各葬各的"。而对这种状况推波助澜的，则是在经济上无力置办坟墓的贫困者的增加。在居民日益减少的中小城市里，已经没有亲戚朋友供奉的无主坟越来越多。为了阻止这种趋势，各地寺院便相继出面来商讨建立"万代供奉墓"的事宜了。

"'树葬①'和'自然葬②'之类新的坟墓形式，最近也很受欢迎。随着父母子女、兄弟姐妹、血亲姻亲之间的交流不断减少，维护祖宗代代相传坟墓的意识也在迅速淡化。"

在这种形势下，希望在最后的栖身之地进行埋葬和供奉的人越来越多，他们要求把自己葬在收费老人之家及兼护理住宅③等老人福利院经营的坟墓里。

这里是埼玉县八潮市的兼护理住宅"八潮寿苑"。兼护理住宅是一种福利院，其对象是畏惧独自生活、又难以获得亲属帮助的六十岁以上的老人。"八潮寿苑"里居住着大约五十个六七十岁的老人。五年前，共同坟墓刚设立的时候，便相继有人表示希望埋在这个坟墓里，并与福利院方面签署了合同。其中的大部分，是一次也没有结过婚的"终生不婚者"和离婚后长期独居、最终入住福利院的人。

四年前入住福利院的一个女性就是其中之一。她三十多岁离婚后，作为计量仪器制造公司的员工一直工作到六十岁，独身

---

① 树葬：将骨灰埋入土中后，以植树代替树碑的殡葬仪式。——译者
② 自然葬：将骨灰撒向山野或河海中去的殡葬仪式。——译者
③ 兼护理住宅：需要时能享受到必要护理的以居住、生活为主的住宅。——译者

生活了二十几年。但自从原来住在一起的母亲过世，五年前自己又患病之后，她一下子感到孤独起来。剩下的亲属只有个比自己大一岁的哥哥，她"不愿麻烦"高龄的哥哥，于是住进了福利院。她说已经决定把自己的丧礼和坟墓都委托给福利院处理："在福利院共同生活的人都会埋在一起，以后也会有人来供奉我们，所以现在我放心了，因为我不是孤零零的一个人。"

在以往的日本社会，埋进祖先代代相传的坟墓，是理所当然的事。共同坟墓急剧增加的背景中，有着日本人意识的巨大变化：即便有亲属，也"不愿给人添麻烦"。而另一方面，也有些人很在意共同坟墓造就的"关联"。在家庭和地域关联逐渐脆弱的情况下，这些人仍想跟什么人互相帮衬着生活下去。共同坟墓反映出的，正是这些人的切实的想法。

中山雄一郎（NHK《明天的日本》报道项目记者）

第六章　年轻群体中蔓延的"无缘死"恐惧

——推特上透露的对未来的不安

板仓弘政

（NHK《明天的日本》报道项目记者）

"无缘社会，可不是事不关己的啊。"

　　"这样下去的话，我也会'无缘死'的。"

　　NHK特别节目《无缘社会——三万二千人"无缘死"的震撼》播放刚结束，因特网上就相继出现了这一类的帖子。帖子的数目超过了三万，在网上形成了一种骚动，热闹得像是庙会一般。

　　通常当播放NHK特别纪录片这种大型节目时，为了应对播放时间段里观众的问询，我们都会在播放中心值班。这次我们同时监控网上的反应，发现播放这个节目时，网上的反响非常强烈。在24小时实况转播NHK节目的网站上，竖起了讨论"无缘社会"的留言板。一块留言板可以容纳一千个帖子，结果帖子不断更新，最后留言板增加到了十四块。这就是说，在一小时节目的播放中，观众留下了一万四千个帖子。

　　与实况转播留言板同样，评论集中的还有推特。推特面向的是非特定多数手机和电脑用户，在推特上发帖，能够接收阅读者的评论。由于素不相识的人之间借此也可享受到"联结在一起"的感觉，所以推特的使用在2010年时出现了快速的普及。

推特上的帖子大多来自三四十岁的用户，他们一边看着节目，一边发帖说，"这可不是与己无关的小事……"

网上蔓延的"无缘社会"的震撼

"这就是将来的我自己。"

"完了！快没指望了。"

"将来，保不定我也会走同样的路。"

"我确确实实会'无缘死'的。"

"'无缘死'真让人难过啊。"

"我是'无缘死预备队'吧。"

"'无缘死'就是我将来的下场！"

"这是明天的我啊。"

"为未来的我而战栗……"

"无缘死，20年后的我自己。"

年轻的群体将"无缘社会"作为"不是与己无关"的事来理解，网上蔓延着对于"无缘死"的恐惧。三四十岁的群体按理说尚不可能意识到"死亡"，他们对于"无缘社会"为什么会出现这种反应？他们内心想的是什么？

我们开设了官方推特，决定链接推特上的一个个帖子，对"无缘社会"带来的震撼的广度进行追踪采访。

推特上的帖子

从事IT方面工作的小野寺力（三十四岁）一边看电视里的节目播放，一边在网上写下了自己的感受。

小野寺君在推特上发帖说：

"如果失去工作，或许我也会'无缘死'。"

小野寺君发这个帖子是有原因的，那就是仙台市出身的他在进京时的亲身经历。大学毕业后，小野寺君在家乡的大型家电专卖店工作。十一年前二十三岁的时候，他来到东京，想要进IT公司。但他没能马上找到这类工作，只能一边在建筑工地或搬家公司打短工，一边继续寻找工作。他说，那时候，自己曾经发高烧倒下过。由于在东京没有亲人，而且干的是每天结算的短工，刚因病休息就断了工资收入，这导致他做好了死的心理准备："说不定会就这么倒毙在他乡了吧……"

后来，他找到了向往的IT工作，有一个时期还在被誉为时代宠儿的IT风投企业家的手下工作过。他那时候结了婚，在举目无亲的东京构筑了新的家庭。但是他说道，就在NHK特别节目"无缘社会"播出的时候，他正陷于一种更加孤立的境况中。

小野寺君想要自己创业，在2009年10月成立了公司。然而每个月的纯收入跌到了收入最高时的三分之一，这导致原本向往安定生活的妻子与他离婚，使他失去了家庭。要想使公司走上轨道似乎还有待时日，前途未卜的现状使得他发出了"如果失去工作，或许我也会无缘死"的帖子。

将自己的心情发到推特上后，瞬间就有了大量评论，这给了他一种"安心感"。他领悟到:"感到恐惧的,并不只是我一个人。"

"推特这东西啊,可以把对方的感觉在一瞬间让我也感觉到。不管对我还是对对方来说,似乎都能感受到一种安宁。推特或许已经成为一种'心灵稳定剂'了吧。"

三十多岁峰值呈现

许多三四十岁的人在推特上发帖,说自己将来说不定也会加入"无缘死"的队伍。丸子香女士(三十八岁)便是其中之一,她在帖子中写道:

"说起'无缘死',我感觉'失落的一代①'似乎对它敏感起来了。"

"一到三十五岁,转折就出现了。在结婚市场上,这个年龄也意味着人开始贬值。"

"所以,我是要思考一下'无缘死'的。"

我们与丸子女士取得联系后,她又发出了这样的帖子:"我是三十多岁的独身女性。虽然有同事和玩伴的圈子,但岁末岁初他们都回家过年的时候,我是最难熬的了。原以为我跟他们之间有一根纽带,但一时之间便会感到与他们的关联断绝了。失去朋友间的纽带使我感到惶恐。"

---

① 失落的一代:亦称为迷惘的一代、迷失的一代。原指第一次世界大战后美国的一个文学流派,在2008年后的经济衰退中,也被用于称呼失业率高企的年轻一代。——译者

我们尽快跟丸子女士约定了在她的工作地点见面。丸子女士的工作地点在东京都新宿的一间公寓里，她是借了别家公司的地方办公的。

我们去拜访的时候，迎出来的丸子女士一身很有活力的打扮。她身穿酒红色的T恤，配了条牛仔裤，还披着件皮夹克。只见她模样端正，一头黑发笔直地垂到肩头，给人的第一印象就是"真是个美女"。她是自由撰稿人，工作就是从出版社承包任务，给杂志和书写报道。她涉及的领域很广，从IT方面到烹饪、时尚都写。只是工作受制于每次的签约量，收入绝对算不上稳定。

我们来采访的那一天，丸子女士得去访问一家当今备受瞩目的软件开发公司。如果使用那家公司开发的软件，只要把手机里的照相机对准街头，镜头中大楼、店铺的信息就会以标签的形式出现在画面上。丸子女士去那里采访，是为了给介绍这项技术的杂志写报道。

她结束采访后，一回到那间转借来的公寓房间里，便对着电脑专心致志地写起采访笔记来了。然后，像是要喘一口气似的，她掏出电话，开始在推特上发帖子。

"抢时间的工作算是结束了。"

"now一边看推特一边吃午饭。"

"now"是英语，在推特上经常用作"现在我正在……"的意思。丸子女士像是跟谁在会话似的，极为自然地发着帖子。有人喜欢用语音记录器代替日记，把自己日常的感受记录下来，推特也有与其相近的功能。

随着不断发送自己的帖子，丸子女士似乎也很明白推特已经成了自己生活的中心。

"我迷上推特以后,感觉日常生活变得眼花缭乱起来。读书、玩游戏的消遣也好像减少了。要是不发发帖子,心都静不下来。我是不是得了推特依赖症?"

"只有推特是我现在的朋友。"

对于我们的采访,她也这么回答。

"在工作非常空的时候,我几乎都是在跟朋友们像会话似的互发推特。"

丸子女士在休息时也在推特上独自发帖。

"这样下去,我快没法把注意力集中到工作上来了。"

"我虽然觉得'今天不想一个人待着! 不想回去'但想想在办公室里也得面对孤独……不行,今天非得早点儿回去!"

城市里的独自生活

丸子女士住在东京都世田谷区的北泽地区,即所谓"下北泽"。她说结束工作后,自己喜欢回家时顺便从"京王线"的下北泽车站一路到旧书店、杂货铺、音乐书店去逛一圈。

"我喜欢街上那种嘈嘈杂杂的声音,一个人在街上走也会觉得快活……"

她边说边从熙熙攘攘的年轻人中间挤过去,轻捷地跑上了一家咖啡店旁的大楼户外楼梯。这幢大楼好像二楼以上都是公寓住宅,其中一间就是她住的地方。

"让你们久等了,快请进吧!"

丸子女士换了件休闲白外套把我们迎了进去。走进玄关,只见她的屋子是一种有点与众不同的横长房型,右边是厨房、浴室和厕所,左边很深,是放着电视机、床和书橱的生活空间。不愧是女子的房间,每个部位都收拾得干干净净,屋里飘逸着香烛幽幽的清香。

她说自己已在东京独自生活了十五年,主要是当合同工,在出版、IT方面的公司多次更换工作,一直独自生活。尽管工作很累,但她回家后仍然熟练地烧饭做菜。这天她拿出冰箱里现成的食材,麻利地做了个奶油沙司意大利面吃了起来。

她的双亲住在有一小时火车车程的埼玉县,但自己现在还不打算回老家去。她说这一方面是由于在市中心工作非常方便,另一方面也是不想让上了年纪的父母操心。

而更重要的还是因为她喜欢下北泽镇上那种闹哄哄的气氛。丸子女士的房间里有个小阳台。她自己说那里是她最中意的地方。从阳台向下望去,只见下北泽杂沓的人流来来往往,的确即使独自生活在这里,也不会让人感到寂寞。她布置的阳台上放着盆栽的柠檬树,五六个深橘黄色的柠檬随风摇曳着,那柑橘类的香味让人感到神清气爽。

"在求职冰河期,再辛苦也是非正规雇佣"

丸子女士说她大学刚毕业时,向往在城市里当个精明干练的职业女性。屋子里大学时代的照片上,她一头比现在还长的黑发被风吹了起来,坐在公园长凳上正在微笑。

丸子女士在家里的时候,老是边听着喜欢的音乐边在推特上发帖子。这天她放的曲子,是男子四人组合摇滚乐团Flower

Companyz的《再见！ BABY》。丸子女士说，或许也是因为这个乐团成员跟自己年龄相仿吧，她觉得他们唱出了自己这些"失落的一代"的心境。

> ……倒带按钮　还没修好……
>
> 再见BABY　再见BABY　再见BABY……
>
> 回忆迟早　像歌那样……
>
> 再见BABY　再见BABY　再见BABY……
>
> 幸福总是　偶然路过……
>
> 再见BABY　再见BABY　再见BABY……

她一边听着，一边把自己此时真实的心境在推特上发出去。

"在求职冰河期，再辛苦也是非正规雇佣。"

"尽管努力工作，结局还是萧条和责任自负。"

"责任自负"这句话说起来轻巧，但在严酷的现实中，丸子女士确实是没有依赖过别人。我们采访组的大部分成员，从岁数上来说，也与丸子女士同属于"失落的一代"，并不了解泡沫经济等兴旺繁荣的好时代。所以我们虽然是在采访，但心里不能不对她的那些帖子感到认同。想到这个群体也在怀着同样的感觉观看NHK特别节目《无缘社会》，我们就更能感到网上反应如此之大也是可以理解的了。而对这个问题，丸子女士是这样说的：

"我思考了怎么活着以及怎么死去之后，才发现各种死亡中，'无缘死'也是选项之一，所以我已经做好了思想准备，说不定自己也会那么死去的。"

丸子女士说，在她周围有许多人认为"无缘死"并非与他人之事。推特上就可以看到无数这样的帖子。

"我周围的独身男子也在说因为收入不稳定，没法结婚。他们这些话里也有着'无缘死'的征兆。"

"'奔四、非正规雇佣、没有结婚'，跟同样被这三座大山压着的女性朋友谈这种话题太沉重……怎么说呢？我们不都是生活在'东京沙漠'里的吗？"

"埃莉诺·里格比"

丸子女士在看NHK特别节目《无缘社会》时感到最有共鸣的，是一个描述没有结婚、孑然离世的男子的片段，他就是本书第二章介绍的馆山进。丸子女士在房间里又看了一遍这个节目的录像，电视机里传出了解说员的旁白，传出了对弟弟死亡尚被蒙在鼓里的姐姐不停打电话的声音。

（过世的是一个终生未婚的男子。）
"阿进，是姐姐我啊。你住院了吧？要是住院了可就麻烦了，因为我不知道你不在家，把玉米给你寄去了。"
（姐姐不知道弟弟已经死亡，还在不停地打电话。）
"阿进，你还没回来？"

丸子女士说，那男子的境遇跟自己一样。丸子女士的弟弟已经成家，考虑到父母年事已高，如果他们先过世的话，家里剩下的就只有自己和弟弟两个人了。但自己老了以后不能给已有新家的弟弟添麻烦，所以她已经想好了，今后即使自己一直独自生活下去,自己的困难也得由自己来克服。

而且,她还在帖子中这样写道:

"我忽然想起了披头士乐队的《埃莉诺·里格比》①。歌里写的是老女人和老神父这两个孤独的人,副歌唱的'孤独的人们何处而来……孤独的人们何处安身'真是震撼人心。"

人生的转折点

休息天过了晌午,因为丸子女士说要去附近的公园,我们决定跟她一起去。丸子女士在公园一角的长椅上坐了下来,那里听得到顽皮的孩子们在附近玩玩具的喧闹声。于是,她发出了这样的帖子:

"结婚生子,这种'普通的幸福'大大升值了。"

"家庭这一共同体无法形成,我对此感到绝望。"

"在自己人生的转折点,看得到衰老和死亡正在迫近。"

"所以我想要思考一下'无缘死'。"

丸子女士最后对我们说道:

"现在,越来越多的人开始认同独身单过的生活,而且我还是有工作的人。可我反而觉得,这种认同也在提高'无缘死'的危险性。话虽这么说,但如果要问那种结婚生子的'普通的幸福'是否唾手可得,答案又是否定的。我倒觉得,连这种'普通的幸福'都无法得到,现今不正是这样的社会吗?"

---

① 埃莉诺·里格比:Eleanor Rigby,披头士(又作甲壳虫)乐队1966年发行的歌曲。——译者

女性像丸子女士那样拥有工作,已经成为当今时代的必然。我们周围也有许多因为专注工作而始终独身的同事。而且,那些能力胜于男子,工作中不可或缺的"白骨精"也很惹人注目。我觉得这是时代的潮流,女性跨进社会这件事本身就是可喜的现象。只是从"无缘社会"的视角来看,不管就男人还是女人而言,正像丸子女士所说的那样,不结婚生子的生活方式,是蕴含着"无缘死"的危险的。这也是这种生活方式的一个侧面。

那么,怎么办好呢?丸子女士对我们说:"我想要组织一个无缘人士的共同体。"她认为即便不是亲戚,如果通过推特能够形成一种关联的话,这种关联或许是会发展成一个共同体的。这次我们就推特进行调查采访后感受到的,就是"网缘"也许能够成为一种新的关联。对于具有自由撰稿人职业又擅长发帖的丸子女士,我们无法不殷切希望她去探索以"网缘"为媒介的新的关联模式。

太正视现实会睡不着觉

"该不该看今天晚上的NHK特别节目?"

"NHK特别节目开始了。"

"我几乎没有亲戚来往,也没有深交的朋友,所以只要不结婚的话,'无缘死'的可能性是很高的。"

"有没有代替亲属办理死后各种事宜的非营利组织啊?"

"真没想到你是我的同乡……"

"现实看得太多眼睛都疼了。"

"果不其然,睡不着了。"

这些是电脑公司的员工筒井隆次（三十五岁）的帖子，是他边看着电视边不停地在推特上发出的。

我们迅速跟筒井君取得联系，并收到了他发来的邮件：

"我现在独身，也没有经常见面的朋友，所以觉得如果就这样上了年纪的话，'无缘死'的可能性或许会很大。虽然这是将来的事，情况说不定也会发生变化，但已经这样连续生活了十几年，情况无法让我乐观得起来。我看了你们的节目后感到，即便一个一生未遭到过重大挫折的平凡人，面对即将迎来'无缘死'这一人生终点的现实，也无法认为这是不相干的事情。"

在网上寻求关联

几天以后，我们跟筒井君在横滨郊区"京急"铁路线的一个小站碰了头，筒井君说他就住在那里。他穿着休闲短大衣、牛仔裤，戴着银边眼镜，看来有些紧张，嘴唇紧紧闭着。

筒井君是北海道人，大学毕业后打了一段时间零工，但还是找不到工作。他于是来到东京，作为信息处理的正式员工，在一家电脑公司工作了三年半。他说自己没有好朋友，能够依靠的只有网络上认识的人。

为了对筒井君进行采访，我们去了他住所附近的公园。不论是在做采访准备时还是在开始采访后，他都在频繁地更新推特。当时已经过了晌午，也许是由于风力增强、天气变坏的缘故吧，他发出了这样的内容：

"我晚饭该吃什么呀？"

"说是'下午转雨',雨会下吗?"

他没交上好朋友,每天都在独自生活。大概他是发了帖子后在等什么人的评论吧。在我们的采访中,他说了许多想念故乡北海道的话:

"我曾经想过,要在这里(大城市)一直住下去。可是在这里生活了这么长时间,又开始觉得还是住惯了的地方(故乡)好了。"

在NHK特别节目《无缘社会》中,筒井君觉得跟自己情况很相像的,是一个从农村到大城市来工作后,再也没能返回老家而无缘死的男子,就是我们在第一章中介绍的大森忠利。

那个男子是秋田县人。

父母亡故之后,他失去了故乡的归处,在大城市里悄然离开了这个世界。

他退休前一直在供餐中心工作。

过去的同事经常听他讲起故乡:

"他的眼神挺凄凉的,没准儿心里还是想回老家去吧,因为那样总比一个人待在这里(东京)强嘛。"

几乎都是独自吃饭

筒井君走在横滨的繁华街上。他说进京三年多来,除了工作的地方之外,没有机会与人发生什么关系,一日三餐几乎都是自己一个人。

我们去采访的那天，他是在牛肉盖浇饭的大型连锁店吃午餐的。筒井君说，想了一想，才记起自己几乎连着几天都在吃牛肉盖浇饭或咖喱饭。这一天，他吃的是大碗牛肉盖浇饭再加一个生鸡蛋，边吃还不停地在推特上跟别人聊天。他说那些聊天的网友长得什么样自己都不知道。

"我想吃寿司了，可是哪个寿司店好像都很挤，还是算了吧。"

"晚饭还是到套餐店吃去吧，虽然得排会儿队。"

吃完午饭，筒井君说要回住处，我们也决定就这么跟他一起去。"房间太小，又乱七八糟的……"他犹豫了一下，不过还是让我们去了他家。

他住的公寓交通方便，到轨交车站步行只要三分钟。走进玄关，便是个一览无余的单间套房：靠门口有紧凑的灶具、厕所和淋浴设备，里面是个六张榻榻米大的房间。他说没有朋友会到这里来。筒井君一走进屋里，就打开了电脑。

"您总是一到家就马上开电脑的吗？"

"是啊。每次都得看看邮件，再查查推特和各个网站什么的。"

筒井君说，他在房间里从来不会从电脑跟前离开。关于这种生活方式，他在推特上发送过这样的帖子：

"给'活力门①'发送了提供注册页面的请求，他们发来了表示感谢的回信。因为我本来没指望他们会回信，所以很高兴。"

"没指望过谁会看我的帖子，所以我不管它什么TL②的更

---

① livedoor，日本大型博客服务网站。——译者
② TL：time line之略称，此处指持续更新的推特页面。——原注

新,只管自己发帖,这样也挺有快感的。"

"不知怎么感到累了,这才发现东拉西扯地在TL上泡掉了我整整三个钟头。"

筒井君在东京没交上什么知心朋友,每天都待在电脑跟前寸步不离。但他到东京来之前,是在北海道进行了某种准备的。为了成为第一流的信息处理工程师,他那时就考取了"基本信息技术人员"的国家资格。

"记得好像是放在这里的……啊,有了!"

筒井君从书籍文件堆中找出一份职业训练学校的证明,证明上贴着筒井君二十六岁时的半身照。他说当年每天都到学校的信息系统服务专业去学习信息处理。

"目标是有了。我当时有很强烈的愿望,想要学好技术,迅速地提高自己。"

过度劳累与精神紧张

凭着考取的国家资格,他离开故乡,作为一名信息处理员,在东京的电脑公司当上了正式职工。

然而,过度劳累和精神紧张使他患上了抑郁症,不得不离职休息。导致这种情况的,是必须完成公司下达的任务的沉重压力。

筒井君把装在塑料袋里的几种抗抑郁药给我们看。他说现在自己每两周去医院检查一次病情,但老也不见好转。

他把这种生活的艰辛也用推特发了出去:

"靠着药物已经能睡着了,可是每天晚上都在做噩梦。今天梦到的是被上司臭骂了一顿。"

"真想冬眠一个月。"

在大城市里没找到知心朋友,过度劳累和精神紧张又导致他患上抑郁症,只能离职在家休息。这就是现实。筒井君不想让生活在远方的亲属担心,他说对于给不给老家的亲属打电话,自己越来越拿不定主意,屋子里久不使用的电话机上积满了灰尘,从来也不响铃。

筒井君看了NHK特别节目《无缘社会》之后,开始注意到了"无缘死",他在推特上发出了这样的帖子:

"我几乎没有和亲戚来往,也没有深交的朋友,所以只要不结婚的话,'无缘死'的概率是很高的。"

而另一方面,在我们的采访中,他还说出了出人意料的事情:

"虽说说不定我也会有'无缘死'的可能性,只不过,这种不常与人见面的生活嘛,说句老实话,也有它心情舒畅的一面,所以我就老这么待着不愿意动弹了。"

"独自待着心情舒畅。"

这句话也获得了我们这些采访者"说得对呀"的共鸣。不与别人见面,也可用手机或短信进行交谈;在家庭餐馆和快餐店里只需寥寥数言点菜,便可以享用美味佳肴;在便利店里哪怕一言不发,都能把商品拿到收银台上付完钱带走。

这是一个任何人不与别人交往也可轻易地独自生活下去的时代。当然,独自生活包含着"无缘死"的危险性,这一点通过

"无缘社会"的采访已经明了，但这种生活方式让人感到心情舒畅，我觉得也是不争的事实。筒井君无意之中说出了心里话，听了他的话后，我们不能不又一次感到，"无缘社会"问题是一件颇为棘手的麻烦事，绝非轻而易举便可解决的。

不与人会面的生活

筒井君说，与别人的关联逐渐淡化，无人再来这间屋子后，他连打扫也省了。堆着的衣服、电脑软件空盒和垃圾袋，几乎占掉了屋子的一半。采访开始以后，他想要收拾一下旁边的东西，稍微打扫一下。结果刚一搬动，堆着的物品就塌了下来。他房间里唯一收拾得干干净净的地方就是使用电脑的位置，这证明整个房间他是只占用电脑前边这一块儿的。

有些物品看来是他在停职前使用的，现在罩满了灰尘。玄关前的皮鞋压在平时穿的旅游鞋下面；窗户旁吊着现在不穿的西装、外套和领带，上边也沾满了灰尘。

筒井君在推特上的帖子里和我们的采访中，都谈到了陷入"无缘社会"后的恶性循环。先来看看他的帖子：

"如果跟任何人都不会面，房间就有可能变得肮脏起来。"

"尔后，就会不想请人来，房间就会变得更加肮脏。如此恶性循环。"

记得他跟我们谈话时，脸上浮现出了不知如何是好的困惑表情。

"我心想反正不会跟别人会面，得啦，就一直待在屋子里混日子吧。渐渐地屋里乱了起来，就难以跟别人会面了。这时我又想，咳，反正不跟别人会面了嘛，于是打扫什么的又一天一天地拖下去了。事情就是这么变成死循环的。"

这次采访中给我们留下印象的，还有筒井君在回答完问题后，有个紧紧抿住嘴唇"嗯"一声的动作。这个"嗯"的动作像是在一一确认自己说过的话，又像是在征求我们的认同。每当这时，我们就觉得他似乎是想确认自己是否把话说清楚了，又感到他是下定决心把以往一直憋在心里的话告诉了我们。

他的屋子让人再客气也不敢恭维说是干净的。把这间屋子给我们看，可见他下了多大决心。筒井君之所以接受我们采访，让我们到他屋子里去，或许正是想要以他自己的方式切断已经陷入的这种"无缘社会"式的恶性循环吧。或许他是想要用这种方式重新开始与别人的交往？我们觉得，到了现在才这样做，也一点儿不晚。因为最重要的，是他已经迈出了第一步。

三四十岁人中蔓延的"无缘感"

NHK特别节目《无缘社会》在网上引起了热议。起初，我们为了迅速报道这一热潮开始了采访，随后在2010年4月3日的《追踪！A to Z》节目中，以《"无缘社会"的震撼》为题，将前面介绍过的对小野寺君、丸子女士和筒井君的采访内容进行了播放。

但我们在节目需要的调查结束后，仍然继续通过推特进行后续访谈。尔后掐指一算，我们又跟十几个人见面谈了话。因为在NHK特别节目《无缘社会》中，虽然报道了五六十岁以上的"无缘死亡"，但我们开始感到，实际上"无缘感"在三四十岁这些更广泛的群体中的蔓延，才正是"无缘社会"的表现。正因为如此，我们无法停下来。

我想把尔后跟踪的几个人的情况记在下面。

"我一直在看NHK特别节目《无缘社会》，边看心里边想，这就是将来的我吧。节目里说2030年时四个女性中将有一个终生未婚，说不定我就会是那'一个'。"

发这个帖子的，是一个在东京都葛饰区独自生活的三十五岁女子。她高中毕业后在咖啡店或糕饼店里打打零工，或是在运输公司当当办事员，现在为一个搬家公司做接线员。她最初做接线员算是去打零工的，现在成了每半年签约一次的合同工。我们采访她的时候，她正等着签新合同。她说公司的业绩不甚理想，很担心自己的合同能够签到什么时候。

这个女子说她十四岁时双亲就离了婚，因此自己构筑一个新家的愿望很强烈，但她发的一些对现状悲观的帖子却很醒目。

"本人现年三十五六，目前没有结婚，没有对象，没有孩子，故将来成为独居老人的可能性很高。在街上时常见到疑似无家可归的流浪妇女，又在电视节目中看到有些人悄然离世后几星期甚至几个月都未被人发现。我觉得这些事情绝非与我无缘。"

"没有结婚、没有对象、没有孩子、非正式雇佣、经济萧条、公司业绩低迷，这些因素使我无法把孤独死、流浪街头和老年人独居当成别人的事而熟视无睹。过几十年等我老了之后，不对！说不定就在今年夏天，我就会以如此快的速度沦落……"

边护理病父边找工作

"健康的时候、年轻的时候还算是好的，就是一个人也行。不过时间是不会停下来的，身体也会疲惫起来。每当想到这些……就不是滋味了。"

发这个帖子的，是个三十八岁的男子。他说自从父亲得了大病以后，考虑到今后照顾双亲，就从自己工作的四国回到了老家大阪。这个边护理病父边找工作的男子现在仍然独身。他说NHK特别节目《无缘社会》中那位若山女士（见本书第五章）的境遇与自己的现况很相像，那个女性也是为了护理生病的母亲而一直没有结婚。

而这个男子心里最担心的，是一旦自己生了病怎么办。

"我的父亲患了脑梗塞，祖母、伯父也得的是脑梗塞。他们都是被身边的亲属发现后送到医院去的。我血管里流着他们的血，如果到了父亲现在的年龄还一直没有结婚，又跟他一样也得了脑梗塞的话，最后会是什么结果呢……那种景象我以前想过好几次，最后的结果也是显而易见的。"

NHK特别节目《无缘社会》宛如一石激起千层浪。通过推特采访之后，发现那些隐藏着的"无缘死预备队"人数之多令我们感到恐惧。可想而知，正因为这些男男女女看了节目后在推特上发言，他们的存在才得以浮出水面；反之，如果他们保持沉默的话，这个群体说不定将会一直不为人所知。

还有件事不得不提，这次采访中让我们多次感到困惑的是，许多人在推特上发帖时给人的感觉和实际面谈时给人的印象总是有些不同。因为与实际谈话的内容相比,他们在帖子中的告白更为直截了当,更为赤裸裸。

一个我们采访的女子用推特回答了这个问题:

"在现实社会里,考虑到人际关系,心里话是不会说的。推特上的我才是真正的我。"

从这个年轻群体的彼此对话里,可以听到他们的心灵呐喊。他们仿佛在喊着:"希望有人听我说,希望有人注意我!"

年富力强的"家里蹲^①"

　　"我怎么会落到这步田地……"

　　有些人虽然一直在工作第一线受到重用,但他们一旦被公司裁员,或者因为人际关系的困扰而辞职,结果就一落千丈地变成了"家里蹲"。随着采访的深入,我们发现说这句话的人很多。为什么年富力强的人会变成"家里蹲"?这里有着不容我们"隔岸观火"的现实原因。

失去公司关联的时候

　　"家里蹲"中藏匿着孤独死、家庭暴力、悲惨结局的危险性。过去"家里蹲"的问题只因与其相关的年轻人辍学而受到舆论关注,但"家里蹲"的平均年龄逐年上升,已经蔓延到了中高年龄层。正如其字面所表达的,"家里蹲"是指闷在家里的人。由于对其尚未进行详细调查,全国的实际情况也不明了。然而,援助"家里蹲"的非营利组织、当地行政机关工作人员和心理专家

---

　　① "家里蹲":又译"隐蔽青年"、"茧居族",指处于狭小空间,不上学,不上班地过着自闭生活的人。——译者

们异口同声地反映："最近，常有活跃在职场的三四十岁的年富力强者突然辞去工作变成'家里蹲'的情况。"

他们说，"职场关联"乃是通过公司建立的人际关系，一旦失去这种关联而独自闷在家里，特别是男性，就有可能失去与社会的接触点。当然，这一观点大概不适用于所有失去职场关联的人。然而对于年届三十的我而言，重新审视一下步入社会九年后自己的人际关系，便会再次意识到这一观点的正确。与跟亲属在一起的时间相比，我在职场的时间更长。这些年与学生时代的朋友渐趋疏远，与双亲和兄弟也都分散在各地……虽然我相信自己不可能成为"家里蹲"，但另一方面，假如我失去了职场关联，又会变得如何呢？这，就是我进行此次采访的动机。

一个年富力强的人如果变成了"家里蹲"，以往理当存在于他周围的人转瞬之间便会消失。例如，有一个住在某市郊外的四十一岁男子，他大学毕业后在大型运输公司工作，才二十七岁就当上了营业所长，作为前途光明的中层干部颇为活跃。他自我感觉在公司里顺风顺水，但是随着景气不断恶化，他因公司进行改组而被降了职。由于不习惯新的岗位，他工作频频出错，不仅受到上司斥责，每天还会有下属、甚至合同工对其出言不逊。这个男子感到身心难以承受，终于辞职过起了"家里蹲"的日子。

在职场的关联曾经是这个男子的生活核心，而今他与过去的同事一概不联系，每天太阳还未下山，便已将自己裹在被子里了。"以往构筑的一切全都失去了。"我们无法忘记他望着远方对我们说这句话时的神情。他还对我们说："我原来一直以为自己是个强者，而'家里蹲'是弱者才有的表现。"如今连他这样的人也沦落成了"家里蹲"。他告诉我们，像他这样的人尽管都希望复归社会，但导致他们沦为"家里蹲"的痛苦经历总是在脑中挥之不去，这使得他们对重新工作又感到恐惧。

"让年富力强的'家里蹲'立即回到社会大众中去，就如同立即将他们送上战场一样。"

一位专家如此形容年富力强者回归社会的难度。一旦成了"家里蹲"，社会对他们的接受度就会降低。而且，如果他们无法构筑起近邻交往的地域关联，便会愈加孤立，很难恢复原先的纽带和关联。年富力强的"家里蹲"，这种命运说不定也会降临到我们头上。言及于此，我第一次感到了恐惧。

令人堪忧的社会保障体系

针对青壮年的"家里蹲"的社会保障体系现况如何呢？随着采访的深入，在这方面我们也目睹了严峻的现实。全国各地的青年援助站有九十二个（2009年度），它们主要帮助十五岁至三十九岁的"尼特族①"和"家里蹲"获得职业上的自立能力，援助项目大多以十几、二十几岁的人为中心。东京都内一个地区青年援助站的工作人员对我们说了心里话："我们最重要的任务是遏止'尼特族'和'家里蹲'的蔓延。我们希望让他们最迟在三十岁之前回归社会。那些中年人的咨询最近确实在增加，然而我们很难对他们这个群体优先进行援助……"

札幌市有个对"家里蹲"进行援助活动的非营利组织"信箱之

---

① 尼特族：原文 NEET（Not in education, employment or training 的缩写）源自上世纪末的英国，意指"不上学、不工作、不接受培训的人"。——译者

友"，他们面对这种现状，开始对三十五岁以上的"家里蹲"进行援助。从全国范围来说，这种主要对中年"家里蹲"进行援助的团体几乎还没有。发到"信箱之友"来的邮件五花八门，里面有对社会保障不健全的不满，有对自己依靠的双亲越来越老的担忧，还有只写着"救命啊"、"我想死"之类只言片语的痛苦呼救。

在职场上感到精神紧张和烦恼的人越来越多。据东京都内的社团法人"日本产业职业咨询协会"的调查，在企业或政府行政机关工作的人中，有85%因工作而感到精神紧张或烦恼。这项调查的结果显示，与其他群体的人相比，二十多岁的人找同事或朋友沟通的比率最高，五十多岁以上的高龄群体找医生等专家咨询的比率最高。而另一方面，调查结果又显示，三四十岁的青壮年群体则倾向于不找任何人沟通。对此，相关人员认为："就三四十岁的青壮年群体而言，他们不仅承担的工作在增加，而且肩负的责任也在加码。他们一方面对经济萧条抱有危机感，另一方面自己所处的位置又不允许他们在别人面前露出自己的弱点。这或许影响到了他们找人沟通的态度。"

这个年富力强的群体之所以会陷于走投无路的境地，也有人指出其背景是"成果主义"和"效率主义"在作祟。这些只重视成果和效率的第一线人员被形势所迫，闭塞感更强，以致感到精神紧张和烦恼时也无法去找职场同事或专家沟通。在日本社会里，感到走投无路的青壮年多得超乎想象。就是说，这种年富力强的"家里蹲"的问题并不仅仅是一部分人的问题。

山野耕平（NHK前桥电视台记者）

第七章　为了纽带的恢复

——度过第二次人生的男子

板垣淑子

（NHK报道局社会部节目主持人）

2009年9月，东京平民区的一个幼儿园在园庆三十周年时举行了盛大的运动会。运动场里竖着"橡果幼儿园亲子运动会"的大牌子，牌子上画着笑呵呵的"橡果"。

"橡果幼儿园"在东京都内有四个园区招收一岁到五岁的幼儿。此时的运动场里，这一百多个孩子正在热火朝天地比赛。孩子们的帽子和书包上，保育员的T恤上，到处是舞动着的"橡果"图案。孩子们身穿笑呵呵的"橡果"园服奔跑跳跃，犹如一个个橡果在滚动。观众席上助威的家长们被逗得嘴都合不拢了。

我们之所以会到"橡果幼儿园"来，是缘于一个男子的"无缘死"，他是在这个幼儿园一直工作到退休的。

这个七十二岁亡故男子的名字叫木下敬二。他笑颜常驻，看上去酷似图案上的"橡果"，孩子们都尊敬地叫他"眼镜伯伯"。木下君也深得园长和保育员们的信任，在七十岁退休前的三十多年里，一直统管幼儿园的日常事务和财会业务。

然而，"眼镜伯伯"死后，却被当作身份不明的"在途死亡者"，成了无人认领的孤魂野鬼。就连"木下敬二"是否他的真名，都没有人能够确定。我们对于他的死亡有很多疑问，他无论在居住地和职场都很受爱戴，为什么会"无缘死"呢？为了解开这个谜团，我们开始了采访。

"无缘死"的人死后无人认领遗体，由行政部门火葬后入土。没有人送他们最后一程，他们是独自迎来生命终点的。追踪他们半年多来，我们NHK"无缘社会"节目组的记者和主持人探寻了一百多人的人生轨迹。

我们用作追踪线索的，是政府公告上登载的关于"在途死亡者"的启事，就是在这样追踪"无缘死"的调查中，我们遇到了这个让人难以忘怀的人物——橡果幼儿园的木下君。木下君虽然曾一时失去了所有与社会的关联，成了"无缘"的人，但后来他重新构筑自己的人生，建立了新的人际纽带，从周围博得了广泛的爱戴。不过尽管如此，他还是成了悄然离去的"在途死亡者"。

让我们发现木下君的那篇关于"在途死亡者"的启事，登载在2009年5月底的《政府公告》上。

籍贯：(本人自称)京都府京都市中京区○○
住处：足立区东和○－○－○××庄103号室
姓名：(本人自称)木下　敬二
上述人于上述住处自己家中六张榻榻米大房间内的被褥上仰卧死亡。因身份不明，已将遗体付诸火葬，骨灰由本区保管。望知情者来本区福利部福利管理科一谈。

2009年5月26日　东京都足立区区长

（转摘自《政府公告　附录启事》）

在诸多启事中，我们之所以注意到这篇启事，是出于两个原因：首先，死者姓名是"本人自称"的，同时又"身份不明"；再者，死者是死在"自己家中"。

"一个走过了七十多年人生道路、在当地广受爱戴的人居然会'无缘死'，实在令人难以置信。假如有他寄信的收信人地址的话，怎么也得找出他的熟人或是亲属来。"

我们当初就是怀着这种想法，出发到发现他遗体的现场去的。

"本人自称"木下敬二

在《政府公告》登载的关于在途死亡者的报道中，死者生前使用姓名被冠以"本人自称"的情况并不少见。由于不知道其户籍在哪里，死后又无法确认，于是就成了按"本人自称"处理的"无缘死"了。

据说，这其中的大部分，是由于死者原来一直以假名生活，使得户籍无法查找。他们中有的是从外地到大城市来工作时，原打算早晚会回老家去，所以没有办理居住卡的迁移手续；还有的则可能是为了逃债才到大城市来的。所以我们经常会感到，这样的大城市不妨称之为"匿名社会"或是"假名社会"才对。追踪采访的经验告诉我们，有的时候，一个人死后留下来的名字是不是真名，是没有办法核对的。我们猜测，木下君的故乡想必也是在另外的地方。

开始时我们想得很轻松，觉得如果对了解木下君生平的人进行全面采访，他"无缘死"的原因或许就能浮出水面了。但是，木下君迎来自己生命终点的情况与我们以往见过的"无缘死"完全不同。因为他虽然遗体无人认领，又被作为无主的孤魂野鬼一埋了之，但他生命的最后一程，是有一些关怀照料他的人送他走的，那些人堪称他的新的亲属。

木造的老公寓

采访开始了。对我们来说，目前线索只有公寓的地址和"木下敬二"这个本人自称的名字。我们按照地址前往，马上就找到了那幢两层楼的公寓。这幢木质的公寓房龄大概已有四五十年了，走近一看，房子周围一片苍郁，覆盖着无人割过的蕃芜野草。支撑楼梯的柱子生满了咖啡色的铁锈，每次房客下楼，楼梯都会发出哐哐的响声。

木下君过世的屋子在一楼的最里面，敲了敲门，屋内没有反应。我们心想邻居们或许知道些什么，所以决定对邻居进行问讯。公寓一楼的走廊里并排着四个房门，房门间的间隔很小。我们敲了每一间房门，但都没有人应答。难道里面白天都没有人吗？就在我们快要放弃的时候，正好碰上一个邻居遛狗回来了，他是住在与木下君隔开两间的屋子里的。

"我们是NHK的，能麻烦您协助我们采访吗？"

面对突然出现在眼前的采访班子，那男子一脸不安的表情，不知如何是好。他抱起脚旁蹦跶的大白狗问道：

"怎么？NHK到我们这种公寓来了？你们在调查什么呀？"

我们赶紧把名片递给这个惊讶的男子，一个劲地解释我们不是坏人，又继续问道：

"死在公寓最里边屋子里的那个人，因为没人来认领，现在成了无主遗体了。我们正在调查这件事，您知道什么情况吗？"

"啊？我跟他没来往过呀，什么也不知道。"

一听"无主遗体"这几个字，那男子脸上似乎更加怀疑了。我们为了找到什么线索，又反复问他：

"您知不知道什么跟他关系好的人？"

"嗯？在我们公寓里，好像没人跟他来往啊。他自己过他的日子，脚像是有点儿不利索。"

"他是突然过世的吧？得的什么病啊？"

"嗯，他是住院来着，离现在有段时间了。那时他有好多日子没在公寓里。"

面对我们不依不饶的追问，他虽然一脸困惑，还是做出了回答。

"他生前在哪里工作？有什么人常来找他？您知不知道？"

"经常有人给他送吃的来啊。喏，隔壁不是有个幼儿园吗？送饭来的，都是那个幼儿园里工作的人，他们来的次数很多。"

"是吗？隔壁那块牌子上写着'橡果幼儿园'，送饭的人是从那里来的吗？"

"是啊，是啊。我看到过好几回呢。"

"您说有人经常给他送吃的来，送来的人是他朋友吧？"

"不像。因为不是只送一回两回，是经常送来的呀。你们自己去问问就马上清楚了嘛。"

隔壁的"橡果幼儿园"就在公寓门前那条马路的边上。在走访幼儿园之前，为了尽量扩大线索，我们决定去找公寓的房东。这位住在附近的房东已经上了年纪，听我们仔细说完采访目的，马上让我们进去看了木下君原来生活的那间空房。

打开门锁，里面是个小小的单间公寓，正面是间六张榻榻米大的日式屋子。已经磨损的榻榻米和天花板都是黑乎乎的，在昏暗的屋子中乍一抬头，发现天花板上只吊着一个光溜溜的电灯泡。白天屋子里也是阴沉沉的，四下看了看，墙纸破裂的地方都另外用纸糊着。木下君虽说在这里住了三十几年，但家具和生活用品全部撤走之后，已经没有任何东西能够反映出这个曾经的房客的任何信息了。也许是窗户关闭已久的缘故吧，榻榻米里发出的刺鼻气味在紧闭的屋子里好久都没有散去。忽然间，我想起了《政府公告》上的那篇启事，上面说木下君是睡在被褥上去世的。这难道是说，他就是在这间六张榻榻米大的屋子里整天铺着被褥，一直躺着生活的吗？望着满壁橱的褐色污渍，我不禁感到莫名的惆怅。

关于木下君的事情，房东几乎完全不知道。

"这间屋子是租给橡果幼儿园园长的。住在里边的，记得好像是木下君吧。听说他年纪很大，最后是孤零零地死掉的。后来园长负责把屋子整理干净了，从我来说是没什么不满意的。"

房东告诉我们，无依无靠的木下君从病倒之后一直到死，都是幼儿园的保育员和园长的亲属在轮流照顾他，给他送饭菜的。

"橡果幼儿园"里隐藏着木下君的线索，这些线索后来揭晓了木下君让我们意想不到的人生轨迹。

经历了两次人生的男子

走访橡果幼儿园的那一天，摄像师、记者、节目主持人一早就紧张地集合起来了。像是为了消除我们的紧张心情似的，橡果幼儿园热热闹闹地欢迎了我们的到来。一位充满活力的小个女人出现在我们面前，爽朗地微笑着为我们介绍起来：

"你们好！我是园长宇佐美。请你们叫我'兔子老师'吧。因为'宇佐美'的发音稍微变一变就成'兔子'啦。①"

与以往的"无缘死"采访中那种阴暗晦涩的场景截然不同，我们完全被包围在幼儿园明朗欢快的气氛之中。我们把这次采访的目的和要求详细地做了说明，告诉她我们正在追踪"在途死亡者"木下君的人生轨迹。

"兔子园长"听着听着，表情渐渐变得悲伤起来。

"木下敬二君被当作'在途死亡者'埋葬到足立区的无名死者墓地去了，这您已经知道了吧？"

"当然知道。木下君跟我们有三十年的交情了。我有两个女儿。对这两个女儿来说，木下君就像她们的父亲一样。"

她声音低沉地说完，打了个电话叫女儿智子过来。她说这个女儿跟木下君的关系非常好。等了一会儿，漂亮的智子老师笑容可掬地来了，手里还用托盘托着冰镇大麦茶。园长说这个女儿在协助自己搞些幼儿园经营和保育方面的杂务。

没等我们发话，园长像是等不及智子似的开口说道：

---

① "宇佐美"的日语发音usami与日语中"兔"的发音usagi相近。——译者

"他们是来调查伯伯情况的NHK的人。把你知道的事全部告诉他们吧,告诉他们木下君不是无主的孤魂野鬼。"

智子被园长催得有些面露难色,但还是慢慢地说了起来:

"我们跟木下君来往三十年了,我跟他像父女一样过了三十年。说起那些事来,话可就长了。从哪儿说起呢? 要我怎么说好啊……"

智子开口时,摄像师已经按动了开始按钮。她会说出什么不为人知的秘密呢? 我们心中无底地开始了录像。

已成遗物的相册

"为了让你们了解木下君的情况,我觉得最好请你们看看这个。"

智子说着拿出来一件东西,是本古董似的相册。

"这是木下君留给我的相册。从遇到他那时候开始,他就不停地拍摄我们姐妹俩的成长过程,又把照片为我收集在一起。请你们看看吧,看完照片你们就会明白了。"

相册的第一页上,有智子小时候的照片。接下来的第二页上,贴着木下君亲笔写给智子的信。

"眼镜伯伯致阿智"——信是这样开头的。

读着读着,我们虽然不了解一点儿内情,但可以感受到木下君对这对姐妹的爱。智子翻着相册继续说了下去,有时眼里还含着泪水。

"他真的是一个非常要紧的人。不仅对我,就是对我们家,就是对幼儿园,都是像亲人一样的要紧的人。"

相册里其他的页面上，贴着许多智子喜笑颜开的照片。有过年时春年糕的情景，有女儿节的，乞巧节的，还有在游乐场里玩耍的。

在记录智子从小学到中学成长历程的每张照片旁，都写了说明文字。

我们虽然没有见过木下君本人，但只要读了他写在照片旁的文字，就会对充满爱心的他油然生出一种思慕之情。

木下君或许留下了与我们以往采访过的"无缘死"不同的东西。探索他的人生，或许会让我们对"家庭"的内涵重新定义。我们注视着那本已成遗物的相册，开始体味起木下君给这个世界留下的记忆。

智子的回忆是从近四十年前与木下君的邂逅开始的。木下君遇到智子，是在她九岁的时候。

母亲是幼儿园园长，父亲是木匠，父母两人都在工作。双亲膝下，智子与妹妹时子再加上哥哥，一家五口以幼儿园为家过着日子。这幢三层楼的幼儿园一楼是办公室，二楼是孩子们的教室，三楼则是园长的家。

双亲在工作的时候，智子和时子就在自己家和幼儿园里来来去去地玩耍。幼儿园隔着马路的对面有个小公园，逢到晴天的日子，那里就成了她们的游乐场。她们在公园玩的时候，住在隔壁公寓里的一个伯伯经常跟她们打招呼，这个人就是在附近塑料模具厂里工作的木下君。

最喜欢的"拍照伯伯"

互相认识以后没过多久，木下君来找姐妹俩商量一件她们意想不到的事。

"伯伯有个朋友开了家儿童服装店。他为了扩大店的影响,想请我帮他制作一个广告。阿智,你们俩长得很可爱,拍广告正合适。怎么样? 给我当一回模特好不好?"

这个当模特的请求来得突然,让智子姐妹吃了一惊,她们急忙去找母亲商量:

"隔壁的伯伯说,想给我们拍照片。"

智子说当时母亲听了这话,比姐妹俩更加吃惊。

"这两个孩子怕是拍不好吧?"

"哪里呀? 她们俩正合适,拍得成好照片的。"

那是1965年的时候,幼儿园也刚开办,经营方面头寸很紧。母亲真正担心的,其实是"没钱置办拍照需要的公主裙"。

木下君准备好了从上到下的全套公主裙,连同鞋子和扎头发的缎带全都送给了姐妹俩,说是"就算给你们的模特费"。

姐妹俩玩耍的公园里的那条长凳,就是拍照的地方。

"听着,笑一笑啊!"

从那一天起,木下君成了智子姐妹俩最喜欢的"拍照伯伯"。那天拍的照片也收在了这本相册里。智子至今还清楚地记得去当摄影模特时的情景。

"光是穿上这种不多见的漂亮连衣裙,已让当时我这个孩子心里兴奋不已,觉得伯伯像是外国来的异邦人。这些陌生的文化虽然不是什么黑船①,却也让人耳目一新。和伯伯的邂逅那么

---

① 黑船:指1853年美国东印度舰队司令佩里率舰威逼日本放弃锁国政策、打开国门的事件中,日本人生平第一次见到的佩里舰队中的黑色近代铁甲军舰。——译者

出人意料，它让我们获得了震撼性的体验。我们不知道住在公寓里的木下君为什么会承接这种工作，但开始知道他是一个了不起的伯伯，我们彻彻底底地喜欢上他这个人了。"

与失去"关联"的过去诀别

智子声明不了解木下君所有的经历，但尽其所知告诉了我们他过去的点点滴滴。那是木下君走过的失去"家庭"、"故乡"、"工作"这一切"关联"的苦命的历程。

所有的一切起始于离婚。他与妻子由于鸡毛蒜皮的小矛盾而导致裂痕不断扩大，最终闹到没法一起生活的地步。凡事较真的木下君甩不开家庭的烦恼，以致工作热情大受影响，结果他在离婚的当口把工作也辞掉了。

"我想做一个'不是我自己'的人。这里没有我待的地方。"

木下君决定抛弃自己生长的故乡，抛弃多年帮衬自己的亲友，抛弃所有的一切，与"自己"诀别。

智子还记得木下君说的抛弃故乡的话。

"他说自己出身于京都一个染织品大批发商的家庭，很喜欢京都。他从那里跑出来，是为了重新开始自己的人生。"

在前往东京的火车里，木下君看了刚买的体育报上的招聘广告，决定到一家塑料模具厂去工作。随之他住进了工厂附近的公寓，公寓的隔壁是个幼儿园。于是，命运安排他跟这对姐妹邂逅了。

自从那次做模特的事以后，智子姐妹俩开始跟他见面打起招呼来。就在木下君到东京过了一段日子的时候，姐妹俩发现见不到木下君了。他忽然足不出户,整天把自己关在屋里。

"伯伯这是怎么了?"

白天敲门他不回答,晚上电灯也不开。智子感到他屋子里情况异常,于是每天到公寓前去叫他。可是不管怎么叫,木下君还是不出来。智子不放心,跟妹妹商量,得想法去把情况弄清楚。于是,沿着幼儿园的房顶,姐妹俩跳到了木下君公寓的房顶上,试着去敲了敲他的窗户。

"伯伯,你身体不舒服啊?哪里疼啊?"

这对至诚小姐妹非同寻常的来访,终于使窗户打开了。

木下君此时正粒米不进地闷在屋子里。智子姐妹俩看到他这副样子,开始偷偷溜进自己家的厨房,做了大大的饭团再给他送过来。

几天以后,木下君在自己窗户里边智子她们来时跳下来的地方铺了块垫子,开始等着姐妹俩的到来。

那时木下君到底出了什么事?智子是很久以后才知道的。木下君有一个女儿还留在离婚的妻子那里,当时他是接到了通知,说那个女儿被一次交通事故夺去了生命。

"都是我不好!"

木下君无法接受女儿死亡的事实,一直自责不已。

"我自己也想过去死。"让木下君打开心扉的,正是这对与他女儿差不多年龄的智子姐妹。

智子无法忘怀那窗子打开时的情景。

"也许当时我们是太固执了吧,但我感到,伯伯大概是理解我们真的在为他担心,所以才会觉得不跟我们见见面不行了。"

为了让木下君打起精神来,智子想尽各种办法,不停地沿着屋顶去看他。而当迎接这对姐妹成为木下君每天的惯例时,笑容重新回到了他的脸上。

智子的声音就像"芝麻开门"一样,成了木下君窗户打开的暗号。而且不仅是窗子,木下君的心扉也打开了。他在相册里留下了这样的话:

> 伯伯原来也有个跟阿智差不多大的女儿。女儿死后,当伯伯在公寓里孤零零地对着墙壁悲痛欲绝的时候,是阿智和妹妹带来欢乐,使伯伯又重新振作了起来,所以伯伯才会倾尽全力为你做这本相册。

从此之后,木下君开始用照相机详细地记录姐妹俩的成长历程,智子说他一直拍到自己和妹妹二十岁长大成人的时候。

玩具箱般的房间

智子姐妹开始每天到木下君的房间里去,做作业,玩游戏,放学后的几乎所有时间都在那里度过。而在木下君房间里度过的时光,则成了她们日后宝贵的财富。

"对于幼小的我来说,木下君的房间就像是个玩具箱。屋里布置得像莉卡娃娃①的玩偶之家似的,里面有西洋风格的桌子和

---

① 莉卡娃娃:日本玩具制造公司Takara Tomy生产的人偶。——译者

椅子,那些独具匠心的桌椅我们都没见过,光在上面坐一坐心就扑通扑通地跳,高兴得不得了。不是我硬要吹捧他,对于我们姐妹俩来说,木下君不仅像个老师,教给了我们世界上各种不知道的东西,还像是我们的哥哥,我们的父亲。"

仅凭智子的记忆也可想象得出,木下君的屋子当时像个童话中的仙境。有浸在福尔马林①中的钓来的鱼,有满墙挂着的登山时在山顶拍的照片,还有当时尚属稀奇的滴滤式电动咖啡壶。

从麻将到扑克,姐妹俩从木下君那里学会了不少东西,两人的学习木下君也会过问。如果让他画画,他画得跟画家一样出色;说到拍照,他更是专业的水平;就是英语和法语,他也会讲。对于智子姐妹俩来说,木下君成了她们人生百科的老师。

智子对她第一次吃三明治是这么描述的:

"我忘不了他第一次给我们做三明治的那个休息天。我跟妹妹都很兴奋:怎么会有这么考究的食品!"

那一天,木下君邀请她们说:"天气这么好,咱们到纪国屋②去吧。"他从那里把外国的火腿、咸牛肉罐头和芥末一样一样都买了回来,这些东西智子姐妹是第一次看到。回家以后就第一次给她们做起三明治来了。他把切好的面包片烤得恰到好处,涂上黄油和芥末,然后把火腿和西式酸菜夹进去。又把蔬菜切成一片片漂亮的薄片,告诉她们这样组合在一起味道才好吃。

望着智子姐妹俩吃三明治的样子,木下君看上去心里由衷

① 福尔马林:甲醛水溶液,可用于杀菌消毒和防腐等。——译者
② 纪国屋:日本的老牌高级超市连锁店。——译者

地感到欢喜。

智子姐妹俩开始每天到木下君屋里去后,当幼儿园园长的母亲也跟木下君友好交往起来了。当时幼儿园的经营正遇到难处,园长一家跟木下君来往后不久,就常找木下君商量幼儿园的业务,后来干脆请他来工作,负责幼儿园的财会。

在幼儿园就职后,木下君作为园长的得力助手开始施展才能,成了幼儿园不可或缺的重要人物,以致园长不论过年还是全家旅游,都不会把他落下。

"他是非常要紧的,可以说跟我们是一家人。"

智子家里无论谁都是这么评价木下君的。对于木下君来说,橡果幼儿园是他人生的归宿,而智子一家则成了他的"第二个家"。

已成遗物的相册(续)

智子从木下君那里收到相册,是在她过20岁生日的时候。

"有件礼物给你。"

相册里积攒了珍贵的回忆。过去的照片旁边写着注释,那一条条注释里凝集着木下君的爱心。

"第一次看这本相册的时候,心里就是觉得欣喜万分;但现在一想到做这本相册的木下君,我心里就觉得五味杂陈……因为对于木下君来说,我们也是他的女儿呀。"

那本相册里贴着许多跟"房顶"有关的照片,那房顶就是把木下君和这姐妹俩联结在一起的"纽带"。

有在房顶上晒被子的照片,照片上的阿智和妹妹满脸笑容。

有在房顶上跟伯伯一起吃供月团子①的照片。

木下君还把当时智子写的作文贴在了房顶照片的边上：

《我家的房顶和隔壁家的连在一起》

这一页里蕴含着木下君通过房顶与姐妹俩联结在一起时的感受。

相册的第一页是木下君留下的信。这封信以对形同女儿的智子姐妹的感谢开头，以道别的话语结尾。

> 眼镜伯伯致阿智：
>
> 伯伯现在是一个人，但曾经有过两个女儿作伴。
>
> 来到东京不久以后，有段时间我每天在公寓里孤零零地对着墙壁悲痛欲绝。那个时候，是这两个女儿经常来玩，为我带来欢乐，我才重新振作了起来。我对她们心怀感激，所以倾尽全力制作了这本相册……（略）
>
> 这两个女儿长大以后再看这本相册时，会想起小的时候。如果她们能够哪怕只有一点点想起伯伯，我一定会非常欣慰。
>
> （摘自相册）

"哪怕只有一点点想起伯伯"——这句话可以使我们想见木下君心中始终挥之不去的孤独感有多么深。读了之后，我们不约而同地感叹，这种期望别人记住自己曾经活在这个世上的愿望，真是凄凉至极啊。

---

① 供月团子：日本在阴历八月十五日和九月十三日夜晚供奉明月用的团子。——译者

第二次人生

开始在幼儿园工作以后，木下君曾经对智子说过"木下敬二"这个名字的来历。木下君说自己"已经把真名扔掉了"，他不想说出自己真正的名字，但告诉智子说，"木下敬二"这个名字里是有他自己特别的想法的。

"或许我的第一次人生丝毫没有可圈可点之处，所以我决心要让自己的第二次人生得到别人的尊敬。我自己取的'敬二'这个名字，就是希望自己的第二次人生能够被人尊敬的意思。"

木下君从幼儿园退休后，智子和园长还是频频去他的公寓探望。

2009年3月底，"兔子园长"去公寓探望他时，木下君突然表情严肃、语气坚决地说道：

"我要是死在这间屋子里，跟你是没关系的，你别管。"

听起来木下君像是要到哪个别人不知道的地方去了。后来到了月底，园长她们连续几天忙得没空去看，无意中打了个电话过去，本来他肯定会来接电话，这次却没来接。

园长感到情况不妙，心惊肉跳地去了他的房间。

一打开门，屋里的情况立刻让人明白他已经过世了。他是躺在被褥上安详地离开的。

"他说再过一年自己就是八十岁了……"

园长低声说道。

认领遗体的，是当地的区政府。不算真正亲属的智子一家

去了火葬场,但没有可以埋葬他的墓地,只好将他的遗体委托给
行政部门处理。

"为什么不把他埋到我们家的墓地里去? 他跟我们一起生
活三十年了嘛。我不想让他当无主的孤魂野鬼。他对我们来
说,不是一家人吗?"

起初智子多次表达过自己的这个看法,但最后还是决定埋
葬到当地政府的无名死者墓地去。

"木下君有他真正的亲属。说不定他们一直在找他呢。如
果找得到他的亲属,我们想把他的骨灰送回他的故乡去。"

现在,木下君的骨灰安息在无名死者墓地里。智子一家正
在衷心祈祷:但愿在五年的保管期内会有人来认领。

木下君喜欢的橡果

智子一家说要去无名死者墓地扫墓,我们决定一起去。"兔
子园长"把在公园里收集的橡果也带来了,说是要把橡果供到
木下君的坟头上去。

"橡果之所以会成为我们幼儿园的标志,都是因为木下君最
喜欢橡果了。"

来到无名死者墓地后,"兔子园长"给我们讲起了关于橡果
的往事。她一边说着,一边把捡来的橡果和成熟时吊在橡树枝
上的果荚一起拿了出来,准备供到坟头上去。

"这个是橡果的果荚,也就是橡果的家。仔细看,果荚的大
小一个一个全都不一样。所以说,橡果要是一旦从果荚里掉下
来,就再也没法回到家里去了。木下君说自己也是从果荚里

'啪嗒'一声掉下来的,所以也回不了家了。"

木下君把自己的人生比作从果荚里掉下来无法回家的橡果,又决定把橡果作为幼儿园的标志,还亲自为幼儿园画了微笑橡果的图案。

我们问"兔子园长":

"木下君虽然没能回到自己亲属的身边,但他找到了新的家。所以,他应该算是幸福的橡果吧?"

"要是他还活着的话,我倒想这么问问他。"

"兔子园长"凝视着坟墓,低声回答道。

橡果幼儿园的三十周年园庆,亲子运动会正在进行。

木下君画的橡果图案比运动场里的孩子们笑得还要欢。

木下君的愿望是"希望自己的第二次人生能够被人尊敬"。

木下敬二君人生轨迹的探索之旅再一次告诉我们,个人与社会的"关联"何等重要。木下君画的橡果图案,确实为我们留下了他人生的证据。

第八章　消失的高龄者

——接连发生的老人失踪

板仓弘政

（NHK《明天的日本》报道项目记者）

自我们播放NHK特别节目《无缘社会——三万二千人"无缘死"的震撼》之后，才过了半年，2010年夏天，在全国各地就接连发生了几件极具象征意义的事件。

　　"老人失踪问题"，指的是虽然进行了居民登记，但本应住在当地的老人却不知去向。对于这些老人的突然失踪，亲属为什么没有发现？

　　我想起了进行"无缘社会"采访时一位地方政府工作人员曾说过的话：

　　"无缘社会的调查，说不定会打开潘多拉的魔盒啊……"

　　当时我对这句话没有留意，然而等老人失踪问题不断曝出后，我才猛然又想起了这句话。我们在追踪的那些所谓身份不明离开人世的人，一般都是本人已经死亡了，而户籍上仍然留着他们的名字；而这个"老人失踪问题"与我们在追踪的"无缘社会"，却有着互为表里的关系。

一百一十三岁老人失踪

老人失踪事件之所以会在全国相继曝光,其契机在于东京都杉并区首先发现东京都内最长寿的一百一十三岁女子并未住在她户口登记的公寓里。该公寓里住着的老人长女只是回答,自己与母亲已经三十几年没有见过面,也不知道母亲到哪里去了。

为什么老人会失踪?她的长女首次就事情的原委接受了采访。长女现年七十九岁,自1998年起就住在杉并区的小公寓里。在以长女为户主的户口本上,也登记着母亲的名字,但长女说母亲从一开始就没在这个公寓里住过。她最后一次与母亲见面,还是在母亲八十多岁的时候。

为什么三十多年都不知道母亲的行踪?我们决定以长女的记忆为线索,去探寻这家人的足迹。

在20世纪50年代后期这家人住过的东京江户川区,我们找到了一个还记得这户人家的男子。他说自己住在这家人的对面,小时候还常到他们家去玩。这家人的父亲当时是东京都的职员,现在失踪的母亲当年六十多岁,加上长女、次女和儿子,一家五口在一起生活。他说这户人家比较富裕,还有电视机,所以邻居的孩子们常到他们家去看电视。

认识这户人家的男子说道:

"在天皇也来观看的那场'巨人队'对'阪神队'的比赛中,长嶋不是打出了一个本垒打吗?我记得那场比赛确实就是在他们家看的。他们家的经济水平好像比一般人家要高啊。"

在周围人的眼中，这是一户极为普通的人家。在采访中我们了解到，1960年的一场变故，也就是这家人中父亲的因病过世，使这个家庭变得支离破碎了。也是在同一年，这家的儿子从原来的公司辞职，后来就开始频繁地变换工作。

这家的长女说道：

"父亲死了以后，真感到有个原来稳如泰山似的东西塌了，朝着不好的方向一点一点塌了下去。"

支离破碎的一家

因为父亲的死亡，不稳定的生活开始了。经济上比以前紧了，一家人离开住惯了的江户川区，开始不停地搬家。

我们了解到，到了十二年后的1972年，这家的母亲七十五岁的时候，一家人搬到千叶县，住进了市川市的公寓里。据这家的长女说，那里只有一个六张榻榻米大的房间，由于妹妹已经结婚，公寓里是她和母亲、弟弟三个人在生活。不久以后，长女定下来要到东京的出版社去工作，于是劝说母亲搬出去跟自己一起生活，因为她想靠自己的力量来照顾母亲。但是，母亲选择了和弟弟一起留下。

对于当时的情景，长女是这样描述的："那时我还追问了一句：'真的不跟我走吗？'可到最后，我想妈妈还是因为对弟弟放心不下，所以没有跟我走。"

分开一段时间后，到了1977年。已经八十岁的母亲忽然找到长女家来了。她说弟弟找不到固定职业，连房租都付不出，所以自己想来借点钱。长女说自己按母亲的要求把钱如数给了她，但忙得没能问她详细情况。

第二年，母亲和弟弟住的公寓房门贴上了法院的通知，称因为他们滞纳房租，命令他们搬出公寓。母亲当时已经八十一岁，从那以后，长女一直不知道她的确切去处。

后来母亲到哪里去了？这位女士说她得知理应跟母亲住在一起的弟弟已经沦落街头，弟弟告诉警察："母亲在1980年前后说是要去亲戚家，然后就走了。"

长女心想母亲总有一天会回来，所以一直在为她交护理和医疗保险费。

"那时候一家人要是能再好好商量商量就好了……"

长女后悔莫及。

"我猜她现在已经死了，可我最终连她在什么地方怎么死的都不知道。想想妈妈真可怜啊……"

这些老人尽管有亲属，却变得下落不明。事实告诉我们，尽管是普通的家庭，如果长年互不联系，亲属间的关联逐渐弱化，是会变得支离破碎的。

老人失踪事件在全国相继曝光，那些隐瞒父母死亡、骗领养老金的案例也被接连披露了出来。

东京都足立区发现一具只剩下骨头的男子遗体，如果他还活着的话，应该一百一十一岁了。这个男子在三十多年之前就已经死亡，他的长女和外孙因为一直骗领他的养老金而被逮捕。东京都大田区发现了一具长期被认为下落不明的女性的尸体，尸体是在死者长子所住公寓里的一个背包里发现的。该长子在其母亲死后也一直在领取她的养老金。除此之外，在大阪府和泉市,一具九十一岁男子的遗体在他住宅的衣橱里被发现,发现时遗体装在一个垃圾袋中。住在一起的五十多岁的长女说:"我定期取出父亲的养老金,一直作为生活费使用。"

日本的家庭现在到底怎么了?随着采访的深入,那些依靠养老金生活的人们面临的困境也浮出了水面。

与父亲遗体一起生活的日子

东京近郊的这片新的住宅区,乍看上去,宁静得让人无法将之与犯罪事件联系起来。然而2009年,这里发生了养老金骗领事件。在一栋住宅的二楼房间里,一具老年人的遗体被藏匿了七个月。藏匿的痕迹至今还留在那里,地板上一块椭圆形的地方已经变色。死者的儿子在这起事件中被警察逮捕。

隐匿父亲死亡、持续骗领父亲养老金的是何等人物?他在骗领养老金时处于何种心理状态?我们决定走访这栋住宅。这里曾经是骗局上演的舞台,住宅与事发当时一样,被逮捕的儿子现在也仍然生活在那里。

这个三十九岁的男子被判有罪,现在正在缓刑期中。该男子以不披露其真名为条件,同意接受我们的采访。因此我们姑且以化名称呼他为"宽司君"。

第一次将摄像机搬进屋子的那天,宽司君招呼我们进客厅时,表情里充满了强烈的防范意识。我们不断通过闲谈消除他的戒备心理,过了一会儿,宽司君才开始讲述当时与父亲遗体一起生活的情况:

"父亲尸体腐烂之前,我每天都会去摸摸他,还给他上香,对他说：'对不起！对不起！'现在我很后悔。"

叮铃……叮铃……叮铃……如今独自生活的家中，只有风铃在响着。佛龛里摆放着母亲穿着和服的遗像、妹妹身着制服的遗像，还有微笑着的父亲的遗像。宽司君原来跟母亲、妹妹、父亲一家四口生活在这幢住宅里。

父亲退休前一直是地方公务员，宽司君就职于当地一家建筑公司，在工地从事住宅和大楼的基础工程建设。他说自己虽然干着高劳动强度的体力活，但他很高兴每天都能学到新的东西，生活过得相当充实。

这种极为普通的家庭生活在母亲生病的当口发生了变化。宽司君不得不承担起病中母亲的护理与家务，在二十八岁时被迫辞掉了原来的工作。

"母亲生病以后，父亲又不能请假……我们的房子是买下来的，如果不去工作的话，按揭都会还不起。既然父亲不能辞职，那就只好我辞职……然后我就专门护理起母亲来了。"

三年后，父亲从市政府退休了。宽司君说父亲虽然有退休金，但都被用在母亲昂贵的医疗费上，三年就见底了。从此以后，全家人只能靠父亲的养老金过日子了。

然而祸不单行。宽司君一直护理的母亲过世了，没过多久，原来帮着自己一起护理的妹妹也因突发心脏病死亡了。

整个家庭的日趋孤立

只剩下自己和父亲两个男人过日子了。接踵而来的与亲人死别，使父亲受到了巨大的打击；退休后骑摩托车被汽车撞倒的交通事故，又给他的腿留下了残疾。最终他出现了痴呆症的症状，连拄着拐棍都没法外出了。

那段日子里，住宅按揭一直压迫着父子俩的生活。宽司君说，临到每两个月一次的大约三十万日元养老金汇进来之前，父亲账户里的余额有时连一千日元都没有。他给我们看的银行存折上，存款余额确实有低至八百五十三日元的记录。

宽司君也想过出去工作，但是又不能把患有痴呆症的父亲一个人扔在家里。他说还考虑过申请护理服务，但自己连必须由申请者负担的10%的钱都没有。

没有人可以依靠，他打算去申请生活救济金，但回答是按他们这种情况无法受理。因为宽司君住的房子还有按揭没有还清，这样的情况是不能给予生活救济的。

"我也找警察说过我们已经无依无靠了，但警察回答：'那你找亲戚呀。'可亲戚全都久不来往，不知他们在什么地方。所以，谁都靠不上了……街坊邻居虽然也说'有难处就对我说嘛'，但他们肯定是不会答应给我钱的呀。"

宽司君上小学的时候，父亲常带他去游乐场玩，去洗海水浴。如今慈祥的父亲一病不起，宽司君只能自己一个人来坚持护理。

"当时我专职护理父亲，心里常常惴惴不安，如果父亲就这么死了，我又没有工作，怎么办好啊？可是，我还是只能护理他呀……"

咚咚咚，咚咚咚……2009年2月的一天，当下午五点的报时乐声在街上响起时，宽司君正好去探视父亲的情况，他看到父亲已经在床上静静地停止了呼吸。

"'你这一死就剩我一个人了，你不能死！别死啊！'我一边在心里呼喊着一边给他做心脏按摩，'起来！起来！你起来呀！'我手上不停地按摩，嘴里不停地叫着……已经不行了，我心里想道。父亲一死养老金就会停发，只要我一打电话养老金就没了。房子还要付按揭，连办父亲葬礼的钱也拿不出来了，还有就是我说了好几遍的——没有任何人可以依靠了，于是，我只有那样做了。"

左思右想到最后，宽司君把父亲的遗体搬到二楼房间，在地板上铺了条被子，让遗体躺在了上面。

"那两根拐棍，是放在这里的……"

宽司君把当时的情景比划给我们看。放父亲遗体的地板上，直到现在还看得出一个变了颜色的椭圆形，旁边有两根拐棍静悄悄地躺在那里。

"这样父亲在天堂里也能像平时喜欢的那样去散步了。"

他说自己把拐棍放在父亲遗体旁边，每天都给他上香。宽司君失去了家庭，已经孑然一身。他说自己曾经想过自杀。

过了七个月，接到邻居"这家的父亲最近没看到过"的报告后，警察找上门来了。他们从二楼房间里发现了父亲的遗体，逮捕了宽司君。

"警察说遗体解剖以后会进行火葬，当时我就心想，啊——这样父亲在火葬后就能到母亲和妹妹那里去了。虽说被警察逮捕了，但当时听警察说会火葬，浑身反而一下子轻松了。

"可是，尸体毕竟让我放了半年多啊，所以后来我一直在想，我还配活在这个世界上吗？

"不知道周围的人会用什么眼光看我，但我还是想把这个坎好好迈过去，还是想像以前那样工作挣钱，好好地活下去。"

宽司君没能给父亲举办葬礼。他每天对着自己手写的牌位合掌祈祷。他在牌位上用圆珠笔写着请庙里和尚起的法号和父亲过世的年月日，还有父亲生前的名字和享年。

这是失去与社会的关联后日趋孤立的一对父子。在酿成犯罪事件之前，谁也没有注意过他们。

不得不依赖父母养老金的人们

这是一个依赖养老金度日的孤立无援的家庭。随着采访的深入，我们发现，在护理父母与雇用形势恶化的背景下，社会上的这类家庭并不鲜见。

石田政治君（化名）四十四岁，高中毕业后离开父母到公司工作，三十岁时又回到了父母家中。

他回来是为了照顾癌症晚期的父亲。父亲退休前一直在当观光大巴的司机，晚年发觉身患癌症时已经到了最晚期，被医生告知还可活三个月。当时，石田君因为工作的关系，正在两小时车程外的地方独自生活。

"我不想借口工作来推卸责任。"

为了护理重病的父亲，石田君打定主意，辞掉工作回到父母家去。

"我不想推说有工作而躲得远远的。什么因为工作赶不及啦，什么因为工作回不来啦，这种话我是绝对说不出口的。现在不是去顾什么有没有工作的时候。我想工作如果找的话总是找得着的，所以立刻就辞职回家来了。因为在那个时候，我觉得自己有必须报答父亲的义务；或者说如果稍一迟疑的话，将来就只能后悔莫及了。"

本来被断言只能活三个月的父亲，活到第七个月时过世了。之后，石田君与七十三岁的母亲相依为命，现在的生活全凭母亲每个月十九万日元的遗属养老金在维持。

石田君的腿上有残疾，父亲的护理结束之后，他一直想回到公司去当正式职工。原来在公司时戴的领带他都保管得好好的，随时都可以使用。盥洗室旁走廊的墙上挂着好几根领带，每天都看得见。

"有时我走到这里，常常听到领带好像在对我说：'随便什么时候，我马上就能跟你走。'这算是我原来辉煌的见证，或是我不愿忘记的过去吧，而且里面还包含着我今后还要去工作的愿望。

"我觉得自己是做得出成绩来的，可总得给我施展的地方啊。嗯，看来我大显身手的舞台还没有准备好吧。我心里一直在想，只要能有让我工作的地方，我一定会好好干给你们看的。"

他拿出为了填履历表拍的照片，说自己现在还在四处寻找工作，但一过了四十岁，找得着的就只有短期的零工了。

"我时不时对母亲道歉：'没有工作，真对不起啊！'都道歉过好多遍了。母亲总是说：'没关系！没关系！'可我要是现在还在工作的话，至少能到手几十万啊。要是有了那些钱，当然日子就会好过多了。所以在有些方面还是得怪我自己的。"

想摆脱也摆脱不掉的现实

八月中旬，在我们采访时，发生了意外的情况。

"怎么样啊？情况到底怎么样？疼不疼？不觉得疼？"

石田君的母亲被紧急送进了医院。他到正在急救的东京都的医院一看，母亲正躺在床上，她心脏附近的血管大量出血，病名叫作"主动脉夹层分离"。

经过手术总算保住了母亲性命，但她昏迷了五天时间，对自己刚做过的手术也不记得了。

母亲惶惶不安地躺在床上，石田君安慰她说：

"是你说背上疼，才送你来医院的。后来做了手术，你还记得吗？医生专门给你做的手术你都挺过来了，得坚持挺下去啊。再过几天就好了。"

但他也不清楚病情什么时候会突然发生变化，母亲的病一直处于变幻莫测的状态中。

"虽说手术进行得很顺利，但我脑子里一直想着，说不定什么时候医院就会发出病危通知单来。太可怕了，所以我睡觉的时候都穿着明天要穿的衣服，准备好随时都能出门。"

这些人无法再就职，不得不与高龄的父母一起依赖他们的养老金生活，还要担心父母万一出事该怎么办。这就是他们面对的想摆脱也摆脱不掉的现实。

"现在还能领到遗属养老金，虽然艰难，但总算能凑合着过。但要是我母亲不在了，那份钱——虽然只够一个人生活的——也就不会再来了。我很恐惧，到那时候我怎么办啊？真觉得自己快流落街头了。

"这次她得了这种病，虽说还会有救，我们还能逃过一劫，继续这么维持下去。但我现在深深地感到，这种在劫难逃的事情，是随时有可能突然逃不过去的。现在我有一种恐怖感，害怕维持生活的遗属养老金会突然断掉。"

这些不得不依赖父母养老金的人,他们之所以陷入这种境地,都是由于照顾父母、失业之类任何人身上都可能发生的事情。而无法从这种状况中摆脱出来的重要原因,则是雇用形势恶化的社会背景。

但愿当问题刚发生的时候能有人来进行干预,但愿有人能告诉当事者:不必拘泥于凡事必须在"家庭"框架内解决的传统意识。

我们虽然一直在报道"无缘社会"的实际情况,但这次的问题不仅关系到独自生活的人,它把"无缘社会"也使家庭整体日趋孤立这一更为严重的实际情况摆在了我们面前。

谁来照料本地区的老人

对于高龄者从社会中忽然销声匿迹的现象,难道没有预防手段吗?我们决定去采访负责照料护理本地区高龄者的地区综合援助中心。

去访问的,是东京都大田区的一个地区综合援助中心,他们负责的对象是本地区的六千五百名(截至采访当时)老人。他们这里配有专职护理援助人员、社会福利士和五名有护士资格的职员。该中心的重要任务,是直接访问必须援助的老人,并掌握他们的情况。

正好他们要访问一个居民反映情况异常的公寓,我们就请求也一同前去。中心的职员到那个公寓里一看,见有个连打扫和洗衣服都很吃力的老人独自生活在里面。中心于是决定，对这个老人定期随访，掌握他的健康与生活状况。中心的职员在老人的屋子里对我们说道：

"谁都可以对无法发出SOS信号的人施以援手。这种事离得远做不到，只有本地区的人才能够做到。"

地区综合援助中心是地方政府依据国家法律设置的。它在本地区牵头与医院、护理业者、民生委员等各个机构合作，目标是消除老人孤立无援的状态。然而时代发展到了今天，却因为保护个人信息的原因，他们对必须援助的老人的住处、姓名之类基本的信息都很难收集到。

在这种状况下，该中心为了主动收集老年人的信息，已单独开始了自己的行动。他们设计了一个被称为"监护钥匙扣"的东西。只要带着"监护钥匙扣"，如果出门在外昏迷不醒，或是由于身患痴呆症四处徘徊，中心便会自动得到通知。这种"钥匙扣"给每个持有者编了号码。上面登记了持有者的住址、出生日期、亲友的紧急联络电话等信息，慢性病、主治医生等详细信息也登记在上面。当持有者因为重病被送进医院的时候，中心便会自动获知。这一天，一位领到"钥匙扣"的老年妇女带着一脸放心的表情说道："真高兴！有了这玩意儿，就可以一个人出门了。"

挑战监护极限的"事件"

然而在采访中发生的一件事，暴露出了这种掌握老年人信息的独立机制的缺陷。在中心全体职员的紧急会议上，一个职员当场坦陈了事情的原委：

"事情发生在今天上午。有个电话打进来，说有个老人把家里的钥匙丢了，而钥匙上连着我们的'钥匙扣'。我们立即给'钥匙扣'持有者本人打电话，可打了几次都是空号……"

"钥匙扣"持有者是个独自生活的七十多岁的男子。

第二天上午，中心的职员去了发现"钥匙扣"的地方，想找到这个男子的线索。那个"钥匙扣"已作为失物被保管在公园办公室里了。

这个"钥匙扣"持有者是一年前来登记使用的。职员介绍说，当时这个男子抱怨说自己靠养老金生活得很艰苦。

登记在"钥匙扣"上的男子住处在一个公寓里，离公园有五公里远。然而，跟房东一联系才知道，他早在八个月之前就搬走了。中心只有五个职员，他们应付不过来所有的老人，所以其间也没去访问过这个老人的家。

中心的职员于是请民生委员介绍了一个一直住在当地的人，那人就在失踪男子住的公寓后面开店。他们找到他的店里向他了解情况。

"我们要找一个七十多岁的人，他独自生活，就住在这里面。"

"他住在公寓里？我根本不认识他。"

街坊邻居不知道这个男子住在这个公寓里。到了如今的时代，不知道近邻的长相、名字已经是司空见惯的事了。地域的关联越来越脆弱，中心想要防止老年人的孤立无援也越来越难。

登记在失踪者"钥匙扣"上的最后一条线索，是紧急联络电话栏中的不在一起生活的兄弟。中心的职员给他这个兄弟打了电话，总算知道了一点儿他的行踪。

只听到正在打电话的中心职员说话时掩饰不住心里的狐疑：

"六月份？就是说，他今年六月份到您那里去了？啊？是吗？"

那个人的兄弟在电话里回答说："六月份跟他见过一面以后，就不知道他到哪里去了。"就是用尽"钥匙扣"上的信息，也无法进一步探寻这个男子的行踪了。

来自基层的"抱怨"

面对接二连三发生的高龄者失踪事件，我们以全国的地区综合援助中心为对象，进行了紧急问卷调查。从答案中反映出，要掌握老人们的信息有多么困难。

"由于人手不足，家庭访问活动已经达到了极限。"

"掌握信息的行政部门不公开高龄者的信息。"

"还有个人信息保护法等等各种各样的问题。"

地区综合援助中心是国家为了掌握高龄者的实际情况而设立的据点。然而，我们采访的大田区中心的职员却诉苦说，他们的工作量已面临极限，如果光靠中心的人，连老人们是否平安的信息都无法掌握。

"问题不单单发生在这些人一百岁以上的阶段吧。追溯下去的话，有些问题的起因是发生在他们八十多岁、七十多岁、六十多岁、甚至更早的阶段。所以当我想到二十年、三十年以后的未来时，真有一种强烈的危机感，如果我们不建成真正扎扎实实的防患机制，就会陷入更加无能为力的状态。"

2011年2月，为了解决高龄者失踪的问题，厚生劳动省调查了正在领取养老金的75岁以上高龄者的下落。结果显示，在截至2010年6月的一年中，一次也没有去医疗机构就诊过的老年人约有三十四万一千人，其中已经死亡或失踪的达五百七十二人。

这是以失踪老人的形式暴露出来的"无缘社会"的身影。然而，从政府公告中登载的姓名不详的"在途死亡者"，到跟着警察随行采访时目击的身份不明的溺死者，这一系列采访中的感觉让我们不得不说，失踪老人终究不过是"无缘社会"这座冰山的一角。

就像那位地方政府负责福利的工作人员说的："无缘社会的采访，说不定会打开潘多拉的魔盒啊……"我们作为打开潘多拉魔盒的人，在心中坚定地发誓，今后也一定要与"无缘社会"较量下去。

第九章 从"无缘社会"走向"结缘社会"

——探求新的关联

板垣淑子

（NHK报道局社会部节目主持人）

在"无缘社会"报道计划启动两周年的节点，我们强烈意识到，不能止步于仅仅曝光现状，更必须制作能传递"构筑新纽带"信息的节目。一旦失去关联的人想要重新"结缘"，需要做什么？为了探讨这个问题，我们希望从观众中收集他们失去关联和重新建立关联的体验。为此，我们在NHK网站主页上征集意见，希望观众在我们的录音电话里留下声音。

"请在录音电话里留下您的声音，谈谈战胜'无缘社会'的经历。"

这个呼吁发出几天之后，我们听了录音电话的磁带，想了解一下观众们告诉了我们什么样的体验。磁带放出来的声音大多是对自己孤立无援生活艰辛的痛切倾诉，其中还有不少"我想死"的绝望呼喊。

录音电话里留下的声音

在三个多月里，我们收到了一万四千条录音。

"没有任何帮我的人,我孤独难耐,眼看就要崩溃了。"

"我心中感觉等于是在无人岛生活,孤独至极。就是死了也没人会发觉吧?"

"痛苦难耐的夜晚,我要打电话。电话是最最重要的。哪怕没人接,光听着电话铃响,我也会觉得有人接了。"

在磁带放出来的声音里,无论是谁,都谈及了无以言表的"孤独的痛苦"。他们留下这些录音的时间,绝大部分是在深夜。

有一天,我去回收磁带时,听到一个女人的声音。由于我们的录音电话每次只能留言两分钟,于是这个女人反复留言了好几次。

"我就要死了。真的去死。可我就是死了也没人会发觉。那样的话,岂不是白死了吗?活着是白活,死了又是白死,难道我就是那样的人吗?"

她在磁带里反反复复留下了想死的录音,最后,还说了自己的姓名和电话号码。我记下那个号码,毫不犹豫地打了过去,心里只想着但愿能够有法子帮帮她。电话立刻就通了。接电话的是个六十五六岁的独身女性,声音沉稳。接到我的电话,她喜出望外地说:"我的电话铃已经两年没响过了!"

那女子因为体弱多病靠着救济独自生活,她说平时只有住在附近的野猫能听她说说话。

"我很久没有工作,又没有朋友,亲属也都先走了一步,所以跟任何人都没有联系。一想到这些,我就希望去死,因为谁也不需要我这么活着呀……"

磁带里录下了大量的留言。留言表明,这些人在失去关联以后,下一步便会"变得找不出自己在社会中的生存价值了"。

该如何理解这种声音呢?说来,这些电话打到NHK来这件事本身,或许正说明"孤立者的援助机制"并没有在社会上发挥其功能吧。

这一万四千人的声音,使我们了解到那些"失去关联后想去死"的人们的存在,我们开始就这个问题进行采访,寻找拯救这些人的"新的关联"。

失去关联后选择"死亡"的人们

那些被逼得走投无路,甚至想要去死的人,他们渴求的新的"关联"是什么?在为了找到这个"关联"而继续采访时,我们不止一次目睹了悲惨的场面,看到了失去一切关联后走上自杀之路的那些身影。

一个五十多岁的男子被解雇而失去建筑方面的工作几天之后,卧到了通勤列车奔驰的铁轨上。

一个男子在妻子病亡后未等到七七四十九天,便企图用儿童玩的攀登架上吊自杀。

他们都是因为失去了"无以替代的关联"而对人生绝望了的人。他们没有一个人去找公共机关咨询,而是选择了独自死亡。

如何才能重建"关联",继续生活下去?这次我们去寻找答案的地方,是和歌山县的白滨海岸。那里是有着广阔的湛蓝大海和白沙海滨的旅游胜地。

2010年9月,时值炎夏已经过去、秋日风情伊始的季节,白滨镇上来洗海水浴的游客已经稀少,波涛声在岸边兀自回响着。我们到这里来,是为了采访一个热心于自杀干预活动的非营利组织。这个非营利组织并不单单进行防止自杀的巡逻,还在开展一项独特的活动,即救出那些自杀者后,"支持他们重建与社会的'关联',创立与职场、朋友的联系,以此获得自立"。

采访首日,我们从机场驱车十五分钟来到了白滨镇。那个非营利组织的白滨援救站就在白滨镇的中心。循着地址到那里一看,原来是座小小的教堂。

"我们是来采访非营利组织援救站的,已经与藤薮先生约好了。"我们对出来接待的男子刚说完,他就笑着应答道:"他去买东西了,请你们等一等……要不趁着这段时间,我带你们到周围看看?"

后来我们才知道,这个男子就是几个月前企图自杀的那个人。

男子带我们去的,是以风光明媚著称的"和歌山县三段壁"。正好他是在傍晚时分带我们来的,崖壁倒映在波光粼粼的橘红色海面上,美丽的景色令人心旷神怡。眼前是伸向大海的断崖绝壁,然而,这广阔的美景既是闻名遐迩的游览胜地,也是声震全国的自杀名所。

带路的男子坐在悬崖上眺望着大海,对我们说起了自己的过去。他说自己四十五六岁时失去了工作,为了还买房的按揭四处举债。他淡淡地说道,闷在自己家里的那几个月里,连在电梯里跟别人打照面都会觉得难堪。后来找到这里的时候,身心都已崩溃,心里只是破罐子破摔地想着,听天由命吧。

接下来男子说的一段话现在也还深深印在我的脑子里。他凝视着染成橘红色的大海自言自语似的轻声说：

"当我来到这里一心想死时，眼里是看不到这么漂亮的大海的。我看到的风景似乎全是一片灰色。见到全家出游的老老小小，他们的欢笑也引不起我的一点儿欢喜。我只是几个小时、几个小时地盯着大海。心想，死亡固然可怕，但就这么一下子死掉的话，倒也就轻松了。"

眼前是一望无际的闪烁着橘红色波光的美丽大海，而男子却说这景色在他眼里曾是一片灰暗，失去了色彩。在那一瞬间，我仿佛有点儿明白了当一个孤独男子与社会无法建立联系时的阴暗心理；在那一瞬间，我似乎清晰瞥见了当他们失去与社会的关联，即失去"工作"这个纽带时，会选择死亡的事实。

新的"关联"形态是什么样的

藤薮庸一是非营利组织白滨援救站的法人代表，他年纪不大，只有三十七岁，笑口常开，充满了活力。他是个值得信赖的领导者，浑身像有使不完的劲，仿佛跟他一起待一会儿就能从他身上分享到能量似的。

当我们提出，为了了解他们这个非营利组织如何让"失去关联的人"重新自立，希望进行跟踪采访时，他二话没说立刻就答应了。因为他说自己切身体会到"无缘社会"的存在，对我们在节目中主张的社会全体对这些人进行救助的必要性很有同感。

刚开始在这个非营利组织进行采访时，他们常驻的专职工作人员只有藤薮君和他的妻子亚由美女士。这个非营利组织的大部分工作，是由被救出来的曾经企图自杀的人一边过着集体生活一边做的。非营利组织的办事处就设在镇中心的那个小教堂里，法人代表藤薮君也是一位牧师。确定要进行跟踪报道后，我们租了教堂隔壁公寓里的房间，过起了毕业旅行式的集体生活。最艰苦的是每天的早起，一过早晨四点，我们和这些集体生活的人就得起床了。五点多的时候要把垃圾送到户外，并打扫屋子。

早晨的事情做完后，全体人员七点钟到教堂里面集合参加晨会。藤薮君会在晨会上一一落实当天的日程安排。晨会结束后，终于该吃早餐了。早餐的餐桌上通常每人面前会放着一片面包（六片一包的那种）和一杯速溶咖啡。

一起生活几天之后，我们注意到，各人在餐桌上都有固定的自己要做的事情。有坐在烤面包器前烘烤面包的人，有在烤好的面包上涂黄油的人，有冲速溶咖啡的人。冲咖啡的人必须记住桌旁每个人喜欢在咖啡里放多少糖和奶。还有就是擦桌子、摆好椅子的人，准备餐后茶的人。没有谁在发号施令，大家都淡然地把一切准备停当。

"NHK的各位来宾，请坐吧。"

开始的时候，一方面是客气，一方面也由于帮不上任何忙，所以我们总觉得有点儿别扭。但过了几天，我们很自然地就动了起来，有的帮忙擦餐桌，有的帮助分咖啡杯。从这时候开始，我们与在那里集体生活的人之间的距离也缩短了。我们在这张餐桌上发现"各人都有自己要做的事情"，这个发现，对于研究"无缘社会"有着很大的意义。

我们还注意到的是，众多人汇聚在一起的餐桌，始终被一张张笑脸包围着。在看到这些笑脸的瞬间，我们甚至忽然忘记了这些人都有过悲惨的人生，以致曾经想过要去自杀。

在这个瞬间，"早上好"的招呼声此起彼伏，一个人说了声"我吃啦"，大家会一起回应"我们吃吧"。或许正是这些日常生活中不足为怪的微小"关联"，在支撑着人们的笑脸。这，就是"关联的第一步"。

而到了晚上，原本该举行庄严圣餐的教堂里，搬进了一套套被褥。铺满二十套被褥后，信徒做礼拜的场所就变成了集体生活者的寝室。就寝前的时间里，有的人在独自读书，有的人在与旁边的人谈心，各人都有"自己待的地方"。这个巨大的寝室，让人联想起生活在同一个屋檐下的"一家人"。

我想说的是："我不是一个人"

采访开始几天后，我们得以跟踪采访这个非营利组织防止自杀的巡逻。傍晚四点半过后，到了太阳要下山的时候，游客便纷纷打道回府了。由于这个时间段自杀者最多，所以警察与地方政府联手加强了巡逻。

藤薮牧师不停地向前走着，看样子他早已走惯了悬崖上崎岖的小路。而就在走到悬崖边上的时候，他捡起了一件扔在那里的西装。

"这衣服两三天以前来的时候还没有呢。"

藤薮君说着脸色阴沉了下来。一起巡逻的一个非营利组织工作人员也赶了过来，对藤薮君报告说：

"在悬崖上发现了这个，好像有人吃过安眠药了。"

他握在手里的，是原来包着近五十粒安眠药的包装纸。

"是在那片大石头上找到的。"

他手指着的地方，是陡峭的悬崖——从崖头直至下方五十米处的大海之间，没有任何遮挡物。一个巡逻人员低声自语道：

"这个人是不敢跳，才吃安眠药的吧？"

那一天巡逻结束之后，藤薮君在悬崖上对我们说道：

"来到这座悬崖上的人，或者是有房子住，却感觉不到是自己该待的地方；或者没有工作做，在社会中找不到自己能够生存的场所；他们是各种意义上的穷途末路者。可是尽管他们现在穷途末路无计可施，但我想告诉他们的是，我们可以一起生活下去！只要向前看，一切都会好起来的。"

"可是，有些人就是没法向前看，所以才想死的呀。"听了我们一再的追问，藤薮君微微抬起头，闭着眼睛想了一会儿，然后平静地回答道：

"我真心希望这些人理解的是：你不是一个人。这也是我们想传达给大家的理念。你可以建立某种'关联'，靠着这种'关联'，你真的就能得到一生的朋友。最终你在经济上也能获得自立，现在也许你是在过着隐居似的生活，但只要你能建立强大的'关联'，从各种意义上来说，隐居心态也是能够克服的。"

他一口气讲完之后，有点儿不好意思似的说了声"今天真冷啊"，随即快步从悬崖上走了回去。天确实很冷，风又大，站着不动真的会被冻住，然而我们触到了藤薮君炽热的内心，这一天心里也感到暖洋洋的。

被社会抛弃的自己

在非营利组织跟踪采访了快三个月的一天晚上，有个电话打进了二十四小时对外开放的非营利组织咨询窗口（救命热线）。电话来自一个四十六岁的男子,他那天正企图自杀。

"我不甘心就这么死了啊,救救我吧!"

藤薮君接到电话后,立刻在夜路上开着小型卡车去援救了。

那男子一个人站在离白滨镇最近的火车站前。

小卡车一停到旁边,他便卸下背上的大背包,一屁股坐到了副驾驶座上。只见他脸色铁青,眼光呆滞,一脸疲惫不堪的表情。

卡车开到教堂后,藤薮君将这个男子请进教堂边上的小屋子里,然后跟他对面而坐,听他一点一点谈起自己的遭遇。

此人高中毕业后进专门学校学过IT技术,由于北海道找不到IT方面的工作,于是只身进京,之后一直在勤奋地工作。但他累坏了身体,只好辞职。辞职一段时间之后,辗转换了许多职业,最终失去了工作。现在因为付不起房租,连住的地方也没有了……

藤薮君一边点头,一边默默地听那男子说完,然后和气地说道:

"反正你就住在我这里好了。"

男子含着眼泪听藤薮君说完,泣不成声地吐出了自己的心里话:

"我一直觉得这是不可能的,但一直期待着能有奇迹发生。我自己总是做这种逃避现实的事……"

"也许是到了该回顾一下自己过去的时候了。"

"我终于能看得到现实了。"

"我这里虽然条件不太好,但能有一日三餐和这套被褥过日子。怎么说呢？你还是暂且在我这里缓一缓吧……我现在能对你说的就是这些了。"

男子的表情像是如释重负，他从藤薮君手里接过毛毯，直接倒在沙发上睡着了。

结束这段采访时，沉重的气氛包围了我们。因为我们亲眼目睹了一个事实：那些一直努力进取的普通人，一旦失去了工作这个"关联"，就会钻进觉得社会上没有自己容身之地的牛角尖，从而被逼得向死亡之路走去。

那天晚上，我们各自都在心里下定决心，一定要对那个男子跟踪采访下去，直至他恢复元气，重新站起来。

第二天，我们的摄像从不到五点就开始了。

我们要去拜访已经在这里共同生活了半年的河上勉（化名），因为他请我们无论如何去他那里看看。

出了教堂向前走几分钟，就到了附近的一家豆腐店。

"早上好！"

河上君用习惯的姿势向豆腐店老板打完招呼，随即打开了店头一个大桶的盖子。桶里是今天早晨装进去的豆腐渣。

"您请拿走吧！"

里面传出豆腐店老板劲头十足的招呼声。

"谢谢啦！"

河上君一边回答，一边从桶里舀上豆腐渣，将自带的一个大圆钵装满，然后一边小心地拿着向教堂走，一边面对摄像机笑着说道：

"有了这个，就能做四百块饼干啦。"

河上君要我们去看的，是他做饼干的情景。只见他首先从厨房里取出最大的平底锅，开始给豆腐渣脱水。脱水花了大约三十分钟。

河上君做饼干坯料的时候小声哼着歌，他说这是自己作曲的《豆腐渣饼干之歌》：

……豆腐渣，豆腐渣，豆腐渣，

揉揉豆腐渣……

他在化开的黄油里和进面粉和豆腐渣，使足浑身的劲用力揉了起来。河上君的额头上渗出了汗珠，嘴里一直在低声哼着：

"豆腐渣，要好吃！豆腐渣，要美味！"

河上君在这里过集体生活，是从我们来采访的几个月之前开始的，那时还是盛夏最炎热的时候。他说以前在一家制造公司做销售工作，自己一心一意扑在工作上，从来不管家庭，从早到晚地在公司里忙。然而，过度劳累使他病倒了，失去工作后，又跟妻子离了婚。对河上君来说，他是同时把工作和家庭这两个关联都失掉了。

过去，他曾因为丧失了一切的失落感而企图自杀。如今，他把自己与被抛弃的豆腐渣结合在了一起。

"您是怎么想到做豆腐渣饼干的？"

我们在采访河上君之前已经了解了他的情况，此时他直视着前方对我们答道：

"豆腐渣本身是上不了台面的，我觉得这一点好像真的跟我们这些人有点像,很像我们这些被社会淘汰下来的失去了关联的人。如果能把豆腐渣变身为饼干这种点心,使得大家都喜欢吃的话……"

录像才进行了一半,河上君却忽然闭上嘴不说话了。望着他拼命忍住满眶泪水的样子,我们不忍再插进提问。河上君见状和气地笑了笑,小声说了声"对不起",然后像终于改变了主意似的望着前方,坚定地说道:

"豆腐渣,要是你也被人扔掉了的话,我会让你再活过来的!"

这段摄制结束了,放在一边醒着的饼干坯料正好该做成一块块饼干了。昨天晚上刚被接到这里来的那个曾经企图自杀的男子,现在也正等着一起做饼干呢。大部分在这里集体生活的人围成一圈,开始把饼干坯料搓圆。

"唉,真差劲。"

"挺快呀!你已经熟练了嘛。"

集体生活者们一起边说话边做着饼干。河上君见刚来的那个男子没在圈子里,只是怯生生地在外围观望,便和蔼地招呼他道:

"我天生就是个不会有一点心事的人,就喜欢跟别人来往。你也想开点吧。这儿的人哪个都有自己难念的经,可是老那么独自冥思苦想,还是什么问题都解决不了。你要是有什么想不开的,就跟大伙一起商量商量吧。"

那男子听了河上君的话,深深点了点头,高高兴兴地加入到做饼干的圈子里去了。饼干做完了的时候,他们两个人在厨房里笑着一起洗涮平底锅和圆钵,又一起把抹布晾了起来。

9月开始的采访过了三个月，我们与集体生活者们变得熟悉起来，已经互相直呼名字，一起站着聊天了。到了这时，对于大家轮流负责的饭菜准备工作，我们也能够自告奋勇地说："今天就交给我们吧。"

　　集体生活者中，有个男子曾长期在中餐馆当厨师，拿手的当然是中国菜。他基本上是在晚餐时露一手，用便宜的肉糜和附近农田里买来的蔬菜，就能经常为我们做出只有在一流饭店才吃得到的中国佳肴。

　　而我们自己想来想去，最终给这些集体生活的朋友们献上的，是"猪排盖浇饭"。因为知道他们的伙食标准是每人只有一百日元，我们觉得，为了表示最起码的回报，"总得请他们吃顿美味的猪肉吧"。由于从来没有一次做过二十人的饭菜，"猪排盖浇饭"的味道实在让人不敢恭维。然而那一天的晚餐，对我们是有着特别的意义的。

　　吃完晚餐后，集体生活者们一个个上来跟我们打招呼：

　　"好吃极了！"

　　"做得挺不错嘛！"

　　"下回再做一次吧！"

　　而指导我们如何烹饪的那个中餐高手，也把"猪排盖浇饭"吃得干干净净，连一粒米饭都没剩下。

　　"你们是业余厨师嘛，能烧成这样也可以了。"

　　望着他微笑起身离去的背影，我们采访组的成员全都举起双手，握起拳头，会心地笑了。在这个瞬间我们不由地感到，自己与在这里集体生活的他们之间距离更近了，跟他们也"建立了关联"。

"关联"改变人的时候

12月了,教堂开始忙着准备即将来临的圣诞节。藤薮君也对这些集体生活的人们发出邀请,希望他们来参加圣诞聚会。

摇手铃的练习开始了。包括做饼干的河上君和我们亲眼看到被救下来的那个男子在内,三个大叔准备一起用手铃演奏《水户黄门》①的主题曲。他们给自己起了个"大叔组合"的名字。

教他们摇手铃的,是藤薮君的妻子亚由美女士。她被这个连音符都不认识的"大叔组合"搞得焦头烂额,但还是坚持每天晚餐后教他们练习。

到了一天晚上,这三个人总算能够把整首曲子拼凑出来了。

只见在亚由美女士的指挥下,演奏开始了。河上君每摇错一次铃,都会偷偷瞟一眼旁边的男子。那个被救下来后表情一直阴郁的男子,此时也总会还河上君一个微笑。

"又错了!"河上君嘀咕着又偷看了他一眼,他却以笑脸迎着河上君,仿佛在说:"没关系! 不要紧!"

这天离他被救助到这里才过了不到一个月。

开始练习摇手铃几天后的一个早晨,我们见到那男子跟河上君一起在车库里不知鼓捣着什么东西。走近一看,原来是在给自行车车胎打气。

---

① 《水户黄门》:指日本TBS电视台播映的长篇历史连续剧《水户黄门》。该剧自1969年8月开播至2011年12月播完(其间曾与其他电视剧轮流播映),总长1 227集,为迄今为止世界上最长的电视连续剧。——译者

"怎么了？"

听到我们的问话，那男子笑着答道：

"今天要到Hello-Work去。走着去太远了，所以得骑自行车。"

九点过后，男子身穿西装，跨上了自行车。

"一路顺风！"

他从那天起去了好几次Hello-Work。

又过了几天，那男子开始在附近的便利店打起了零工。这时候，他已经恢复得跟刚来时判若两人了。

河上君也在差不多的时候迎来了转机。他由于悉心照顾别人，深得集体生活的同伴们信任，终于得以成为非营利组织的正式员工，要重新开始自己的人生了。

最后一个在教堂里与大家一起过夜的晚上，他似乎有些得意，也好像有点儿落寞。

第二天早晨，河上君搬到了教堂附近的一个公寓里，迈出了走向自立的一步。在刚搬进去的屋子里，他对我们谈了人生可以从头再来的感想：

"以前一直受到藤薮君和其他非营利组织工作人员的热情关照，现在我自己成了非营利组织的人，希望能尽量回报他们。对于在人生道路上跌倒了的人，我希望他们能有从头再来一次的信念。我愿意帮助他们。因为这种帮助本身。就意味着我自己人生的再次出发。"

圣诞节演奏会

圣诞晚会那天，我们采访组从早晨开始就忙得没停下来过。那个前中餐大厨一吃完早餐就着手制作圣诞晚会上的饭菜，教堂里的桌子上摆满了丰盛的佳肴，准备工作有条不紊地进行着。到了傍晚，附近的人们也集中到了教堂里，圣诞晚会终于开始了。

当地孩子们表演完合唱，晚会开始进入高潮时，藤薮君拿起了话筒：

"趁着用餐间隙的这一刻，请大家欣赏我们准备的小节目。现在走上台来的，就是表演节目的'大叔组合'！"

掌声与喝彩声迎来了河上君、那个被解救下来的男子和另一个集体生活的伙伴。当他们打着黄色领结、胸口插着玫瑰花登上舞台时，掌声鼓得更响了。

终于该他们演奏了，观众们鸦雀无声地注视着台上。然而，前奏还没完，摇铃的手便停了下来。看样子是他们紧张得手都动不了了。于是藤薮君又一次拿起了话筒：

"诸位来宾，请大家从头开始再听一遍。"

"大叔组合"重整旗鼓，从头再来——但又是卡在前奏那里演不下去了，舞台下开始骚动起来。这时，只见一个人站起了身子，她，就是一直指导"大叔组合"练习的亚由美女士。

"再来一次，从头开始！演到你们能把它演完。坚持到底！各位来宾，请大家为他们加油！"

全场对亚由美女士的呼吁报以热烈的掌声。

"再来一次！再来一次！再来一次！再来一次！"

面对全场的齐声呼喊，站在舞台上的三个人脸上也恢复了笑容。

于是，第三次——这次就像他们练习时那样，《水户黄门》的主题曲一气演奏到了最后。

演奏完后，河上君对着掌声如潮的台下高举双臂挥起了紧握的拳头。他身旁是那个满面荡漾着笑容的男子。演奏获得了巨大的成功。

到了圣诞晚会的最后，河上君和藤薮君、亚由美女士一起唱起了歌。他们唱的《小小的幸福》，是教会里合唱指挥者谷本智子女士的原创歌曲。

> 小小的、不起眼的幸福，
> 来自小小的、不起眼的喜悦。
> 无论何时、无论何地都找得到啊，
> 这小小的喜悦。

> 上帝教导我们，
> 随时都要喜悦。
> 小小的幸福啊，
> 其实是大大的幸福。

> 小小的、不起眼的幸福，
> 无论何时、无论何地都来自感恩。
> 无论发生何事，
> 都不要忘记感恩。

> 上帝教给了我们

温暖心房的方法。

小小的幸福啊，

其实是大大的幸福。

（《小小的幸福》词曲　谷本智子）

　　河上君凝视着前方认真地歌唱着，摄像师用近距离特写拍摄着他的表情。河上君一直在寻找自己能待的地方，他在集体生活中找到了自己的角色，那就是帮助遭受着同样痛苦的伙伴们。他一直在寻找重新需要自己的去处，那一边拼命帮助伙伴、一边制作豆腐渣饼干的日日夜夜，或许正是他最终找到的无可替代的"关联"。

　　只有建立"关联"，才能得以生存。通过河上君与他的伙伴们的这种经历，我们重新认识了"关联"的意义。这是毋庸置疑的结论。

　　这就是说，人，绝不是仅靠自己生存着的。

　　这就是说，人，只有意识到自己在"关联"中的存在与角色，才能够生存下去。

　　重要的是，要有不可或缺的人，要有不可或缺的场所。

新的"建立关联的场所"

　　在当前人际关系日趋淡漠的形势下，我们《无缘社会》录制组有些想奉告各位的话，那就是：即便不是"家庭"，不是"公司"，不是"故乡"，人与人之间的"关联"也还是能够建立起来的。这件最重要的事，正是在非营利组织里集体生活的人们告诉我们的。

"只要有能够建立关联的场所，就能够生存下去。"

"只要有能够建立关联的人，就能够生存下去。"

如今"无缘社会"加速扩展，因失去关联而孤立的人正在不断增多。但是，变得孤立并不可怕，我们希望孤立的人展望一下自己的周围。在你的周围肯定有只需伸伸手就可重新建立起人际纽带的容身之处。

虽然我们想要遏止"无缘社会"的扩展，但时针却是不可逆转的。在独自生活已经成为常态的当今时代，为了直面并战胜"无缘社会"生活下去，我们需要的，难道不正是这样的思想准备吗？这正是我们录制组所有成员通过实地采访所感受到的。

我们这次采访的非营利组织那样的立足于本地区的行动，已经在各地开展起来：照料孤立无援老人的活动，设置随意歇脚咖啡馆的活动，保护地方性节日传统的活动……

这一个个活动看上去颇为微小，但我们却认为，这些微小的活动不正是走向"结缘社会"的开端吗？不正是在"无缘社会"的严重扩张中能看到的希望吗？

即便这一个个活动微不足道，但如果每个地区都能使这种活动协同起来组成网络，那或许就会形成援助"无缘社会"的新的地区性力量了吧。而有了新的"建立关联的场所"，经过网络的连接，则可以相信它们必定会产生出克服"无缘社会"的巨大力量。

在采访中，曾有人质问道："独自生活，有什么不可以的？"

问得我们窘于回答。其实，独自生活既不可怕，也不可恶，因为现在已经到了独自生活理所当然的时代。

一个人一个人的"个"＝"孤"①。所以虽然人们逐渐不再以曾经的那种强劲纽带结合在一起，但我们可以代之以宽松的新型"关联"来维系彼此。或许这样的时代已经到来了吧。

---

① 日语中"个"与"孤"的发音相同，所以有此联想。——译者

代　结　语

　　2010年夏天曝光的高龄者失踪事件，使得日本全国相继发生的百岁以上老年人下落不明事件公之于世。我们在9月5日的NHK特别节目中以《失踪的高龄者："无缘社会"的黑暗》为题，进行了专题报道。

　　高龄化惊人的进展态势、雇佣纽带与家庭的崩溃——我们虽然从2009年起就以"无缘社会"为切入点持续进行采访，但这次的态势之猛仍然远远超过了我们采访者的想象，这些事件使我们再次深刻地认识到，平静的水面下潜藏着何等严酷的现实。

　　这次是由于到了尸体变成干尸或白骨之后才被发现的程度，"无缘死者"的问题才引起关注的。当事人声称"自己的爹妈失踪了也不会去找"，"也不举行葬礼"。对这类事件的报道乍一看似乎带有猎奇色彩，但参与节目录制的记者和节目主持人划定区域反复追踪其家庭的轨迹，终于发现这不是单纯的老人失踪问题，这才使惊人的实际情况得以曝光。

　　"血亲关联的乏力"、"雇佣状况的恶化"、"地域关联的丧失"，都进一步使得"家庭"这个社会的最小单位本身日趋孤立。这就是人们难以承受的现实。这就是"无缘社会"正在扩大的形势下发生的一种现象，这种现象绝非事不关己，它在任何人身上都可能发生。

2008年夏天，在秋叶原无差别杀人事件① 发生两个月后，节目主持人拿来了一纸计划书，"无缘社会"的采访就此开始了。当时我们感到有一种说不清、道不明的恐惧，觉得我们的社会是不是出现了什么异常。

计划书的题目是《在途死亡者》，这个词我是第一次听到，据说这是《政府公告》上的官方用语，指的是那些身份不明的路毙者。

遗体发现时的情况和随身物品的信息归纳在仅仅十几行字中。我们在感到其语感冷漠的同时，还注意到一些匪夷所思的事实：大部分通知上写着有证明身份的钱包等随身物品，甚至还写着该人的住址，但却将其列为身份不明的遗体。

后来，原先与节目主持人一起制作《穷忙族》专题节目的记者也加入进来，推进了报道计划的制订。在将近半年的时间里，报道计划书的推敲修改就进行了二十一次之多。

日本深层次发生的种种事态，其实是难以用一个词来概括的。在计划获得批准之前，经过几十次讨论，最终决定了以"无缘社会"这个词统冠整个系列节目。

结果，以"无缘社会"为切入点制作的节目，最终扩展到了二十七集。这些节目以2010年1月播放的NHK特别节目《无缘社会——三万二千人"无缘死"的震撼》为中心，在4月之前

---

① 2008年6月8日东京秋叶原发生的25岁男子杀伤路人事件，造成7人遇难，10人受伤。——译者

的《9点看新闻》、《早安！日本》、《追踪！A to Z》等专题中进行了播出。

许多记者满怀热忱参与到这个项目中来，使得这个主题并未止步于新闻快报式的单项报道。他们是使本主题得以在大跨度的时间与空间范围内不断深入的巨大动力。借此机会，我谨对全国参与此项高难度主题采访的记者和节目主持人，对使这本书得以出版的文艺春秋出版局以及协助采访的其他有关人员表示衷心的谢意。

本书以记者、节目主持人及NHK特别节目组提供的不计其数的采访笔记为基础，又进行了大量增补编写而成。NHK各部局都参与制作的《9点看新闻》等新闻报道的内容也作为"专栏"加入到了书中。从节目播出的第二天起，记者和节目主持人便重新投入到采访中去了，他们至今仍在奔走捕捉着这无比庞杂的事态。因此，如果各位读者能将本书作为我们这个活动的中期报告赐以垂览，我将感到不胜荣幸。

最近两年来，我本人一直在这个志向高远的采访组中制作"无缘社会"主题的节目。每次听取现场情况的报告，都感觉到"无缘社会"的实际情况我们还未全面掌握。我们这个国家看似平静的水面下究竟在发生着什么？今后我仍然会与采访组一起客观地进行关注。希望在每次告一段落时，能与各位观众来一起思考。而且，我不会仅仅提出问题就慨叹"这股潮流无法阻止"，我希望通过节目制作去继续探索某种"可能性"。

前几天，看到一个观众在节目观感中说："我在公园里看到一对母子在悄悄地埋葬知了的尸骸，自己不知为什么就被感动了……”我眼前好似浮现出了那个场景，身上感到一股温暖，心脏也好像震颤了起来。或许正是这种不忘怜悯弱者的“日本人的心”，能够防止我们国家变成冷漠的“无缘社会”吧。

在我们的社会渐渐变成“对别人不感兴趣的社会”的今天，尽管回归以往是不可能的，但我仍衷心祈愿我们是一个“能够同情别人、同情生命的社会”。

高山仁（NHK报道局社会部总制片人）

图书在版编目（CIP）数据

无缘社会 / 日本NHK特别节目录制组合著；高培明译.
—上海：上海译文出版社，2014.3（2025.8重印）
（译文纪实）
ISBN 978－7－5327－6426－6

Ⅰ.①无… Ⅱ.①日… ②高… Ⅲ.①纪实文学—作
品集—日本—现代 Ⅳ.①I313.55

中国版本图书馆CIP数据核字（2013）第305247号

MUEN-SHAKAI by NHK MUEN-SHAKAI PROJECT SHUZAI-HAN
Copyright © 2010 by NHK MUEN-SHAKAI PROJECT SHUZAI-HAN
All rights reserved.
Original Japanese edition published by Bungeishunju Ltd., Japan
Chinese (in simplified character only) translation rights in PRC reserved by Shanghai
Translation Publishing House,
under the license granted by NHK MUEN-SHAKAI PROJECT SHUZAI-HAN, Japan
arranged with Bungeishunju Ltd., Japan
through CREEK & RIVER Co., Ltd. and CREEK & RIVER SHANGHAI Co., Ltd.

图字：09－2013－170号

无缘社会

[日]NHK特别节目录制组 / 合著 高培明 / 译
责任编辑 / 李 洁 装帧设计 / 邵旻 未氓设计工作室

上海译文出版社有限公司出版、发行
网址：www.yiwen.com.cn
201101 上海市闵行区号景路159弄B座
启东市人民印刷有限公司印刷

开本890×1240 1/32 印张9 插页2 字数130,000
2014年3月第1版 2025年8月第20次印刷
印数：88,001— 89,500册

ISBN 978－7－5327－6426－6
定价：49.00元